Sabine Richling

Das Mädchen und der Milliardär

AF187344

Sabine Richling

Das
Mädchen
und der
Milliardär

Liebesroman

Bibliografische Information der Deutschen Nationalbibliothek:
Die Deutsche Nationalbibliothek verzeichnet diese
Publikation in der Deutschen Nationalbibliografie;
detaillierte bibliografische Daten sind im Internet
über http://dnb.dnb.de abrufbar.

Herstellung und Verlag: BoD – Books on De-
mand, Norderstedt

ISBN: 978-3-7519-1543-4

1

„Sie sind also die Ignorantin, die meinen Parkplatz blockiert", fährt mich ein attraktiver, aber glattgebügelter, aufgeblasener Blödmann im Dreiteiler an, der gerade aus seiner Luxuskutsche steigt, um mir entgegenzukommen. Er drückt ein Gespräch auf dem Handy weg und steckt sich das teure Mobiltelefon der allerneuesten Generation in die Innentasche seines Sakkos. Von mir aus kann er sich das Protzteil in seine Kehrseite stecken.

„Tut mir leid", sage ich und gehe weiter auf mein Auto zu, „ich wusste nicht, dass dieser Parkplatz reserviert ist."

„Na sind Sie denn blind?", fragt er gereizt und rollt mit den Augen. „Da oben ist ein Schild angebracht. Auf dem können Sie in großen, schwarzen Buchstaben und Zahlen ein Kennzeichen erkennen." Er zeigt mit dem Finger darauf. „Sehen Sie?"

„Ja, tatsächlich", bemerke ich überrascht und kratze mich an der Schläfe. Dabei fällt mir auf, dass ich immer noch mein Halstuch auf dem Kopf trage, das ich mir bei der Arbeit um meine kaum zu bändigenden nussbraunen Locken wickle. Peinlich berührt sehe ich nach unten und stelle fest, dass ich noch das Schürzchen umhabe, deren Taschen als Ablage für meine Arbeitsutensilien dienen, damit ich mich nicht immerzu danach bücken muss. Bei meiner Aufgabe als Dekorateurin benötige ich einige Werkzeuge wie Schere, Zollstock und Co, die ich nun auch noch versehentlich habe mitgehen lassen, statt sie zum Feierabend zurück in den Deko-Raum zu bringen.

Ich arbeite für die Modekette Kronberg und verschönere die Schaufenster. In der Regel bin ich bloß für eine Filiale tätig, aber heute wurde ich ausgeliehen, um fehlendes Personal im Haupthaus zu ersetzen. Hier bin ich jahrelang nicht mehr gewesen und mit den Gepflogenheiten nicht vertraut. Dass die Parkplätze auf dem Hinterhof nicht jedem Mitarbeiter der Firma zustehen, habe ich nicht gewusst. Aber in der Hamburger Innenstadt ist es so gut wie unmöglich, einen Stellplatz fürs Auto zu finden, deshalb war das firmeneigene Grundstück die einzige Möglichkeit für mich.

„Ist das alles, was Ihnen dazu einfällt?", fragt mich der Typ überheblich und schüttelt mit dem Kopf. Er bleibt neben meiner rostigen Klapperkiste stehen und schenkt ihr einen verachtenden Blick.

„Ich habe mich bereits entschuldigt", entgegne ich ihm und fühle mich unwohl, als ich ihn erreicht habe und ihm gegenüberstehe. Er kommt mir bekannt vor, aber ich weiß nicht, wo ich sein Gesicht schon mal gesehen habe.

„Und Sie glauben, damit ist es getan?", hört er nicht auf, das Thema aufzubauschen. „Für das

Putzpersonal steht der Dienstboteneingang zur Verfügung. Dies ist der Parkplatz für die Führungsebene, meine Liebe. Hier haben Sie nichts verloren!"

Er scheint meine Aufmachung misszuverstehen und aufgrund derer mich noch abschätziger zu behandeln, als er es sicher ohnehin getan hätte. Ich sehe keine Veranlassung, seine fälschliche Annahme, ich würde einem Reinigungsteam angehören, zu korrigieren. An seinem missfälligen Ton würde das garantiert nichts ändern.

„Danke für Ihren freundlichen Hinweis", sage ich ihm direkt in seine eingebildete Visage und starre ihn provokativ an. Dabei fallen mir seine kugelrunden dunkelbraunen Augen auf, die durch seine wutverzerrte Mimik noch finsterer erscheinen.

Statt nun zu kontern und mit seiner Schimpftirade fortzufahren, bremst er sich plötzlich und nimmt sich Zeit, mein Gesicht zu mustern. Wenn ich es nicht so eilig hätte, würde ich diese ungeahnte Schweigenummer amüsant finden. Immerhin vermittelt sie mir den Eindruck, ich hätte diesen Krieg gewonnen. Dabei habe ich mich nicht mal verteidigt, sondern klein beigegeben. Aber ich habe einen Termin mit dem Koch eines Fünfsternehotels. Einmal in der Woche stellt mir das Bonbach Hotel übrig gebliebene Lebensmittel zur Verfügung fürs Café Nächstenliebe, in dem ich ehrenamtlich arbeite. Es ist ein Treffpunkt für jeden: Obdachlose oder Menschen ohne regelmäßiges Einkommen. Aber auch Gäste mit einem prall gefüllten Geldbeutel sind herzlich willkommen, solange sie bereit sind, eine kleine Summe für die Benachteiligten unserer Gesellschaft zu spenden. Sein Essen bezahlen muss bei uns niemand.

„Ich kenne Sie doch", bemerkt er grübelnd und fährt sich über seinen dunkelblonden Dreitagebart.

„Ach ja?", frage ich irritiert von der sich abzeichnenden Wende der Lage, die mir langsam bedrohlich vorkam. „Wir arbeiten offenbar im gleichen Unternehmen", füge ich keck an meine Frage, obwohl es mir nicht anders als ihm ergeht. Ich habe keinen blassen Schimmer, mit wem ich hier rede, und doch kommt mir sein Gesicht bekannt vor.

Er studiert mich weiter und überlegt angestrengt, aber der Groschen will wohl nicht fallen. Auch ich komme zu keinem nennenswerten Ergebnis, deshalb entscheide ich mich, um ihn herumzugehen, um zur Fahrerseite meines Autos zu gelangen.

„Wo wollen Sie so schnell hin?", will er wissen und fällt wieder in seine tyrannisch anmutende Rolle zurück. „Ich habe noch ein Hühnchen mit Ihnen zu rupfen."

„Das tun Sie doch bereits die ganze Zeit", erinnere ich ihn an seinen theaterreifen Auftritt.

„Ich bin jetzt wirklich in Eile, tut mir leid. Vielleicht verschieben wir das Donnerwetter auf einen anderen Tag."

Er sieht mich sprachlos an, während ich verkrampft versuche, meine Autotür zu öffnen. Gott, nun geh schon auf, du blödes Ding, sonst komme ich hier nie weg!

Er versenkt seine Hände in den Hosentaschen und spaziert gemächlich zu meiner Position. Als er hinter mir steht, beobachtet er mein verzweifeltes Rumrütteln an der Fahrertür. Ich bekomme diesen dummen Schlüssel nicht gedreht und meine ansteigende Nervosität macht die Sache nicht leichter. In der Fensterscheibe kann ich sein amüsiertes Grinsen erkennen und wie er sich gegen seinen Wagen lehnt, der direkt neben meinem parkt, und die Arme verschränkt.

„Ein Auto mit Zentralverriegelung könnte hier Abhilfe schaffen", gibt er altklug von sich und kichert vor sich hin.

„Sehr witzig", gebe ich zurück und drehe mich wütend zu ihm herum. „Das ist aber gerade nicht verfügbar und Ihre Überheblichkeit hilft mir auch nicht weiter."

„Wer sagt, dass ich vorhabe, Ihnen zu helfen?", sprüht er nur so vor Charme. „Kleine Sünden bestraft der liebe Gott sofort. Das wird Ihnen hoffentlich eine Lehre sein, sich nicht mehr auf fremde Parkflächen zu stellen."

Ich schüttle den Kopf und trete einen Schritt auf ihn zu, sodass wir uns beängstigend nahe stehen.

„Ich glaube nicht, dass es den lieben Gott interessiert, wenn ich mich auf den Stellplatz eines aufgeblasenen Schönlings stelle, der seine Nase so hoch trägt, dass sie an das Himmelstor stößt." Ich stemme meine Hände in die Hüften und koche über wie ein Kessel voller Suppe. „Sie sind so ein hundsgemeiner Fiesling und könnten mal einen Dämpfer gebrauchen. Ich habe mich bei Ihnen dafür entschuldigt, Ihren kostbaren Parkplatz in Anspruch genommen zu haben, und diese Entschuldigung meinte ich ehrlich. Ich wusste es einfach nicht besser, weil ich sonst in einer anderen Filiale arbeite. Aber das genügt Herrn Gnadenlos nicht. Er besteht auf sein Recht und zettelt einen Krieg an. Hier geht es schließlich ums Prinzip, und das muss der dummen Mieze – also mir – mit Nachdruck verdeutlicht werden, sonst begreift die womöglich nicht, dass sie nur ein kleines, unbedeutendes Rädchen dieser Firma ist. Oh doch, mein lieber Herr Gnadenlos, ich habe es bereits nach Ihrem ersten Satz begriffen. Und jetzt hören Sie endlich auf, sich so aufzuspielen, und helfen mir gefälligst, diesen verdammten Wagen aufzubekommen!"

Ich atme durch und habe das Gefühl, nicht einmal Luft geholt zu haben. Mein Adrenalinspiegel steht auf Anschlag und ich erwarte seinen Gegenschlag. Doch er bleibt erstaunlicherweise ruhig und wirkt überrascht von meinem Vorstoß. Immerhin war ich bis eben noch lammfromm und habe mir seine Angriffe ohne Gegenwehr gefallen lassen. Er hat wohl nicht damit gerechnet, dass ich von jetzt auf gleich zu einem feuerspeienden Drachen mutiere. Ich auch nicht. In der Regel bin ich friedsam und schon gar nicht aufbrausend. Aber sein anmaßendes Verhalten hat mich schlicht zur Weißglut getrieben.

„Verstehe", sagt er lediglich und reibt sich sein Kinn. Dabei sieht er nachdenklich zu Boden, obwohl ich ihm nach wie vor so dicht gegenüberstehe, dass er sich durch meine Nähe eigentlich unbehaglich fühlen müsste. Doch er nimmt sich Zeit für seine Antwort und macht nicht den Eindruck, verärgert über meine Beleidigungen zu sein. Und ich gebe zu, sie waren deutlich unter der Gürtellinie, was mir gerade auffällt, da sich meine Stresshormone aufzulösen beginnen. Ich nehme etwas Abstand zu ihm und blicke ihn abwartend an. Währenddessen spüre ich die Scham über mein Fehlverhalten in mir anwachsen. Ich hätte nicht gleich so aus der Haut fahren dürfen und meine Wortwahl besser überdenken müssen.

„Das habe ich nicht so gemeint", rudere ich deshalb zurück und kann sein Schweigen nur schwer ertragen. „Bitte entschuldigen Sie meine Anmaßungen. Das war unangebracht von mir."

Endlich schaut er auf und starrt mir mit gekräuselten Stirnfalten in die Augen.

„Dann wollen wir doch mal sehen, ob wir Ihr kleines Problem nicht gemeinsam aus der Welt schaffen können", geht er auf keines meiner Worte ein und löst sich von seinem Wagen. „Geben Sie mir mal Ihren Schlüssel", fordert er und streckt mir seine Finger entgegen.

Ich tue, was er sagt, und lege ihn ihm in die Hand. Er tritt an mein Auto heran und steckt den Schlüssel ins Schloss. Gefühlvoll dreht er ihn herum und als hätte es nie Schwierigkeiten gegeben, öffnet sich die Tür. Verwundert stiere ich ihn an.

„Das haben Sie toll gemacht", bin ich baff. „Jetzt verstehe ich gar nicht mehr, warum es mir nicht gelungen ist."

„Lassen Sie es lieber in der Werkstatt kontrollieren", lässt er weiterhin nicht durchblicken, was wirklich in ihm vorgeht. „Ich habe einen leichten Widerstand gespürt. Das Schloss ist mit Sicherheit defekt."

„Das mache ich, vielen Dank."

„Und sollten Sie morgen wieder im Haupthaus zu tun haben, stellen Sie Ihren Wagen ruhig auf diesem Parkplatz ab."

Er zeigt mit der Hand auf eine freie Stellfläche neben meinem Fahrzeug. „Der gehört meinem Vater, der ohnehin nur noch selten anzutreffen ist, da er sich, wie Sie sicherlich wissen, aus dem Unternehmen zurückgezogen hat."

Ich erstarre zu einer Eisskulptur, als mir klar wird, wer er ist. Gerade habe ich Herrn Kronberg persönlich den Marsch geblasen und keine Ahnung gehabt, damit meinen Arbeitsplatz zu gefährden.

„Äh …", bringe ich noch heraus, bevor mir endgültig die Luft wegbleibt.

Er gibt mir meine Autoschlüssel zurück und geht zu seinem Wagen, den er lässig mit der Fernbedienung öffnet.

„Wie heißen Sie eigentlich?", fragt er, als er vor seiner Fahrertür steht und sich mit beiden Händen gegen das Dach seines Fahrzeugs stützt.

„Nina ist mein Name, Nina Schöne."

Zum ersten Mal lächelt er warmherzig und nickt mir zu.

„Na dann, Nina Schöne", wiederholt er meinen Namen, „freut mich, Ihre Bekanntschaft zu machen." Er zwinkert mir zu und zieht die Wagentür auf. „Es wäre schön, wenn wir uns bei unserer nächsten Begegnung nicht wieder die Köpfe einschlagen", fügt er an, bevor er in seinen Wagen einsteigt.

Kurz darauf startet er den Motor und braust vom Hof.

Ich sehe ihm nach, wie er von der Auffahrt auf die Straße biegt und verschwindet. Habe ich das eben geträumt? Erst will mich dieser Kerl zum Mond schießen und dann verwandelt er sich in einen hilfsbereiten Charmeur, der auch noch mein Chef ist, dessen Gesicht ich lediglich aus Zeitungen kenne oder von unserer Website. Im Original sieht er völlig anders aus, vor allem, wenn man vor Zorn mit Stresshormonen überschwemmt wird.

Ich kontrolliere die Zeit auf meiner Armbanduhr. Ach du Schreck, ich bin viel zu spät dran. Panisch stürze ich ins Auto und lasse den Motor aufheulen. Unpünktlichkeit ist man von mir nicht gewohnt. Ich bin stets verlässlich – zu jeder Zeit. Der unverhoffte Disput mit meinem Boss hat mich aus dem Takt gebracht. Dieses Erlebnis muss ich erst einmal verdauen.

Als ich am Hotel ankomme und auf den Parkplatz für Lieferanten vorfahre, werde ich bereits von Sven, dem Koch, erwartet. Er winkt mich heran und zeigt mir, wo ich meine Rostmühle abstellen soll.

Kurz darauf steige ich aus und begrüße ihn mit einer Umarmung. Aufgrund meiner jahrelangen Tätigkeit fürs Café Nächstenliebe sind wir uns inzwischen recht vertraut, denn auch das Hotel Bonbach spendet seit Längerem nicht mehr benötigte Lebensmittel.

„Mensch, Nina, wo bleibst du nur so lange? Ich warte bereits seit …"

„Tut mir leid, Sven", unterbreche ich ihn sofort. Mir ist eine unangenehme Sache dazwischengekommen. Aber jetzt bin ich ja hier und das wird bestimmt nicht noch einmal vorkommen."

„Also schön", gibt er sich mit meiner Entschuldigung zufrieden. Wenn das Herrn Kronberg mal ebenfalls gelungen wäre. Dann hätte ich Sven nicht warten lassen müssen.

Ich öffne meinen Kofferraum, damit Sven die Kisten darin verstauen kann.

„Warum hast du nicht Willi mit dem Lieferwagen vorbeigeschickt? Da bekommen wir viel mehr unter", will Sven wissen und bemüht sich, den Kram zu verstauen.

„Willi ist leider krank und unser Kleintransporter defekt. Uns fehlen zurzeit die Gelder, ihn reparieren zu lassen."

„Tja", bemerkt Sven und reibt sich grübelnd den Nacken, „eine Dauerlösung ist dein winziges Auto aber nicht. Ich bekomme die Kisten nicht alle verstaut."

„Oh", bin ich betroffen. „Was machen wir denn jetzt?"

„Ich müsste im Lagerraum noch ein paar kleinere Kartons zu stehen haben. Ob wir darin dann aber alle Lebensmittel deponieren können, weiß ich nicht."

„Den Rest packen wir einfach in Taschen, Sven, und verstauen ihn im Fußraum."

„Na, dann wollen wir mal sehen, ob wir das so hinbekommen", sagt er und lächelt mich zuversichtlich an. „Das wird schon."

„Danke für deine Hilfe."

Gemeinsam gehen wir durch den Hintereingang ins Hotel und machen einen Abstecher durch die Lobby. Hier ist mir alles sehr vertraut, als wäre ich regelmäßig Gast in diesem Haus. Dabei habe ich hier niemals etwas gegessen, geschweige denn übernachtet. Aber häufig komme ich vorbei, um Ware fürs Café abzuholen. Und da ich gern ein Schwätzchen mit dem Personal halte, bin ich jedem, der hier arbeitet, bekannt. Gerade kommt uns Lena von der Rezeption entgegen und lächelt mir zu.

„Hey, Nina, wie geht's?", fragt sie im Vorbeigehen.

„Super, und dir?"

„Bisschen viel Stress heute, aber das ist okay."

„Komm doch mal wieder bei uns im Café vorbei", biete ich an.

„Gerne", freut sie sich über mein Angebot. „Vielleicht nächste Woche?"

„Du bist immer willkommen."

Sie winkt mir noch von Weitem zu, bis sie in einem Pulk von Leuten im Eingangsbereich untergeht.

„Irgendwie schaffst du es, jeden im Hotel von dir zu begeistern", bemerkt Sven, als wir dem Flur weiter folgen, und überrascht mich mit dieser Behauptung.

„Unsinn", sage ich und schüttle den Kopf. „Es kennen mich inzwischen halt alle. Das ist alles."

„Jeder hier weiß, wie sehr du dich für benachteiligte Menschen einsetzt. Und dafür bewundern sie dich", fährt Sven mit seinen übertriebenen Komplimenten fort. Solche Belobigungen sind mir unangenehm, schließlich tue ich, was ich tue, aus Überzeugung und nicht, weil ich mir einen Orden verdienen möchte.

„Jetzt hör schon auf damit, Sven. Komm lieber mal wieder ins Café Nächstenliebe und spende ein paar deiner alten Klamotten. Der Winter steht vor der Tür und wir brauchen noch warme Jacken und Hosen."

Sven lacht und legt seinen Arm um mich.

„Dir spende ich auch mein letztes Hemd."

„Na bitte", entgegne ich und lasse mich von seinem Lachen anstecken. „Das wollte ich hören."

Kichernd gehen wir weiter voran, bis sich uns plötzlich ein beleibter älterer Herr im grauen Anzug in den Weg stellt.

„Na wenn das nicht meine zuckersüße Mutter Teresa aus dem Café Nächstenliebe ist", ruft er durch den Flur und breitet seine Arme aus, um mich zu herzen.

„Herr Fuhrmann!", freue ich mich, unseren größten Spender wiederzusehen. „Wo waren Sie nur so lange? Wir vermissen Sie im Café."

„Ich bin untröstlich, Nina, aber meine Geschäfte nehmen mich zurzeit sehr in Anspruch. Sobald ich einen freien Moment habe, komme ich auf einen Kaffee vorbei, versprochen."

Er dreht sich zur Seite, um sich seinem Geschäftspartner zuzuwenden, der sich abseits von uns positioniert hat. Ich fahre zusammen, als ich ihn erkenne.

„Herr Kronberg, darf ich Ihnen Nina Schöne vorstellen? Sie ist unsere gute Seele Hamburgs."

Mein Chef tritt zu uns heran und mein Herz plumpst vor Schreck in meinen Magen. Dort schlägt es gegen die Magenwände und verursacht sofortige Übelkeit.

„Hallo", hauche ich meine Begrüßung wie ein laues Lüftchen heraus.

„Hallo, Frau Schöne", gibt mein Boss lächelnd zurück. „Wer hätte das gedacht?"

Er reicht mir seine Hand, die ich mechanisch ergreife. Mir ist nicht klar, warum er das tut, immerhin ist es keine Stunde her, dass wir uns gesprochen haben. Oder soll ich „angefeindet" sagen?

„Sie kennen sich?", fragt Herr Fuhrmann erstaunt. „Dann wissen Sie sicher auch, wie fleißig sich das Mädchen fürs Café Nächstenliebe engagiert."

Herr Kronberg zieht eine Augenbraue hoch und hält meine Hand weiterhin fest.

„Nein, das war mir nicht bekannt", entgegnet er, während sein Lächeln einfriert. „Wie vielen Tätigkeiten gehen Sie eigentlich nach, Frau Schöne?", will er wissen und durchbohrt mich mit seinem Blick. „Bezahlen wir Ihnen nicht genug fürs Putzen?"

Ich erwidere nichts und bin fassungslos, dass er mich vor Sven und Herrn Fuhrmann bloßstellen will.

„Aber nicht doch, Tobias", reden sich die beiden Herren offenbar mit dem Vornamen an. Herr Fuhrmann möchte Partei für mich ergreifen und scheint begriffen zu haben, dass ich die Angestellte seines Geschäftspartners bin. „Frau Schöne arbeitet ehrenamtlich fürs Café. Es ist ein Sozialprojekt in Hamburg, für das meine Firma seit Jahren spendet."

„Ach", ist mein Chef von einem Geistesblitz getroffen worden. „Dann sind Sie die Kleine, die gerade im Fernsehen ein Interview zum Thema ‚Obdachlosigkeit' gegeben hat?", fragt er und gibt meine Hand endlich frei. Ich reibe sie ein wenig, damit wieder Gefühl reinkommt. Er hat sie so fest gedrückt, dass kaum mehr Blut hineinfließen konnte. Ich antworte nicht auf seine Frage und starre ihn nur an. Jahrelang arbeite ich für die Modekette Kronberg und bin diesem Mann niemals begegnet. Und nun lenkt mich die Schöpfung zweimal an einem Tag in seine unsympathischen Arme. Toller Gag!

„Daher kam mir Ihr Gesicht so bekannt vor", gibt er sich seiner Überraschung hin.

„Ich denke, sie ist Ihre Angestellte, Tobias", zeigt sich Herr Fuhrmann verwirrt. „Da sollte man seine Leute kennen."

„Wissen Sie, wie viele Menschen weltweit für uns arbeiten, Heinz? Da kann mir unmöglich jeder bekannt sein."

„Ich kenne jeden Mitarbeiter meines Unternehmens persönlich", erklärt Herr Fuhrmann stolz.

„Auch das Putzpersonal?", fragt mein Boss abschätzig.

„Jeden, Tobias", antwortet Herr Fuhrmann empört über diese Frage. „Da mache ich keine Unterschiede. Sie etwa?"

„Ja, Herr Fuhrmann", ergreife ich das Wort. „Herr Kronberg macht hier Unterschiede. Reinigungskräfte sind in seinen Augen minderwertig. Sie bekommen in der Hauptverwaltung sogar einen separaten Eingang, um sie zu verstecken."

„Ich denke, meine liebe Frau Schöne", bemerkt mein Chef und lässt nicht durchblicken, welche Gefühle gerade in ihm vorgehen, „wir beide sollten mal ein langes Gespräch miteinander führen. Finden Sie nicht auch?"

Ich erwidere nichts darauf und hoffe nur, dass ich vor lauter Verärgerung über ihn nicht wieder zu weit gegangen bin. Mein Job ist mir wichtig. Ich möchte ihn nicht verlieren.

„Es sind auch noch ein paar Punkte zu klären, die Sie mir vorhin auf dem Parkplatz so unverblümt an den Kopf geworfen haben."

Die Spannung in der Luft ist kaum zu übersehen. Herr Fuhrmann tritt ein paar Schritte zurück und auch Sven, der sich bis jetzt ohnehin aus allem rausgehalten hat, setzt sich etwas ab.

„Hören Sie, Herr Kronberg", fasse ich mir ein Herz, um seine bedrohlich klingenden Worte zu kommentieren, „meine Bemerkungen auf dem Parkplatz sind mir so rausgerutscht und ...“

„Und diese eben auch?“, fragt er mich tonlos und bemüht sich, die Contenance zu wahren.

„Soll das heißen, dass *Sie* auf meinen Gefühlen herumtrampeln dürfen, wie es Ihnen beliebt, und ich mich nicht wehren darf, nur weil Sie mein Chef sind?“, kann ich mich erneut nicht bremsen und gebe ihm eine Antwort, die er wahrscheinlich nicht hören wollte.

„Und Sie meinen, sich stattdessen dieses Recht herausnehmen zu dürfen?“, spielt er den Ball zurück und erstaunt mich mit dieser Aussage.

„Nein“, bin ich verwundert. „Ich hatte nicht vor, Sie zu verletzen – zu keiner Zeit. Bitte entschuldigen Sie, falls ich übers Ziel hinausgeschossen bin. Das war nicht meine Absicht.“

Herr Kronberg lächelt unerwartet und lässt seinen Blick fragend durch mein Gesicht wandern. Dabei schüttelt er den Kopf und wirkt beinahe sprachlos.

Mir ist diese Reaktion nicht klar. Habe ich erneut etwas Falsches gesagt?

„Wie machen Sie das nur, Nina?“, bedient er sich meines Vornamens. Ich kann mich nicht erinnern, ihm diese persönliche Anrede angeboten zu haben.

„Was meinen Sie?“, frage ich verblüfft von seiner Wandlung.

„Sie werfen mir unverhohlen mein fehlerhaftes Verhalten vor, konfrontieren mich mit meinen Schwächen. Und kaum haben Sie mir die Hosen runtergezogen und mich zum Nachdenken gebracht, entschuldigen Sie sich auch schon wieder mit einer Herzlichkeit, die sagenhaft ist. Es gelingt mir kaum, Ihnen Ihre Worte übelzunehmen. Dazu geben Sie mir ja nicht mal die Zeit."

„Tut mir leid", weiß ich nichts anderes darauf zu sagen. „Ehrlich."

Herr Kronberg bricht in schallendes Gelächter aus.

„Sie sind ein Phänomen", lacht er über meine Unbeholfenheit, mich zu erklären. Ich bin noch dabei zu verstehen, was er mir eben hat sagen wollen. Er ist mir also nicht böse, dass ich mich unangemessen über ihn geäußert habe, obwohl er es gerne wäre! Doch meine schnelle Entschuldigung würde ihm einen Strich durch die Rechnung machen. Ist das jetzt gut oder schlecht?

„Na sehen Sie, Tobias", kommt Herr Fuhrmann erneut dazu, „meine kleine Nina ist eine Fee und zaubert jedem ein Lächeln auf die Lippen."

Er legt seinen Arm um meine Hüfte und drückt mich seitlich an sich. „Da bin ich aber froh, dass Sie sich beide besonnen haben. Es ist so ein herrlicher Herbsttag. Die Sonne scheint und es gibt gar keinen Grund, sich über meinen kleinen Engel zu ärgern, Tobias. Fahren Sie mal im Café Nächstenliebe vorbei und schauen sich an, wie die

Mädels dort arbeiten. Vielleicht ist es Ihnen eine Spende wert."

Herr Kronberg erwidert nichts darauf, sieht mich bloß nachdenklich an. Mir sind die Lobhuldigungen vor meinem Chef unangenehm. Ich kann ihn nicht einschätzen und weiß nicht, wie er sie auffasst. Nicht, dass er mir am Ende noch vorwirft, ich engagiere mich in dieser Sache zu sehr, sodass meine Leistung in meinem Beruf darunter leidet. Das könnte mich den Job kosten.

„Ich muss jetzt weiter, Herr Fuhrmann", mache ich klar. „Sven wartet auf mich, um mir ein paar vom Hotel gespendete Lebensmittel in mein Auto zu tragen."

„So?", fragt Herr Fuhrmann. „Das finde ich großartig." Er wendet sich an Sven. „Sind Sie nicht der hervorragende Koch in diesem Haus?"

„Das bin ich. Danke fürs Kompliment", antwortet Sven und wirkt verlegen.

„Machen Sie nur weiter so, mein Junge, dann wird aus Ihnen noch ein Sterne-Koch."

Herr Fuhrmann biegt seinen Oberkörper zurück in meine Richtung, löst seine Umarmung aber nicht. „Und Sie, meine Zimtschnecke, bleiben die herzensgute Seele, die Sie sind, versprechen Sie mir das?"

„Schmier'n Sie mir nicht so viel Honig um den Bart, Herr Fuhrmann, sonst verliebe ich mich noch in Sie."

Nun ist er es, der sich vor Lachen kaum halten kann. Sein dicker Bauch wackelt dabei im Takt.

„Womöglich in einem anderen Leben", erwidert er fröhlich. „Wenn ich so ein gut aussehender, junger Mann wie unser Herr Kronberg bin."

Mein Chef sieht mich an und verzieht keine Miene. Ich laufe krebsrot an und möchte auf der Stelle unterm Teppichboden verschwinden. „Na, na, das muss Ihnen nicht peinlich sein, meine Hübsche", fährt er fort, mich zu blamieren. „Lassen Sie sich bitte nicht mehr von mir und meinen dummen Bemerkungen aufhalten. Sie müssen Ihrem Boss schließlich in der Firma noch in die Augen schauen können."

„Gut", sage ich und gehe nicht weiter auf seine Worte ein, „dann will ich mal."

Ich verabschiede mich erst von Herrn Fuhrmann und reiche meinem Chef danach die Hand. Er legt seine warmen Finger um meinen Handrücken und umfasst ihn kraftvoll.

„Auf Wiedersehen, Herr Kronberg", sage ich und warte auf seine Reaktion. Doch die bleibt aus, stattdessen schenkt er mir einen unergründlichen Blick. Als ich meine Hand zurückziehen möchte, lässt er sie nicht los und kommt mir einen Schritt näher.

„Ich erwarte Sie morgen früh um neun Uhr in meinem Büro, Frau Schöne. Und dann werden wir unser Gespräch in Ruhe fortsetzen. Haben Sie mich verstanden?"

Ich muss schlucken, weil der Ton nach einer Kampfansage klingt.

„Ja, ich denke schon", erwidere ich und bin froh, als er mich wieder freigibt.

„Was war das denn eben?", bemerkt Sven, als wir uns außer Hörweite befinden. „Dein Chef hat dich anscheinend auf dem Kieker."

„Ich hoffe nur, dass er mir morgen nicht gleich mit einer Kündigung droht", erwidere ich bedrückt. „Ich arbeite gern für die Firma Kronberg. Außerdem bezahlen sie gut."

„Mach dir keine Sorgen, Nina", beruhigt mich Sven, „du findest überall einen Job. Im Hotel würden sie dich mit Kusshand nehmen."

„Als Tellerwäscherin?", frage ich lächelnd und boxe ihn freundschaftlich. „Damit du mich täglich durch die Küche scheuchen kannst?"

„Das würde mir gefallen", entgegnet er grinsend und zieht mich an der Schulter zu sich heran.

„Tut mir leid, aber diesen Gefallen werde ich dir nicht tun."

„Schade, hab mich schon drauf gefreut."

2

Am nächsten Morgen fahre ich mit einem flauen Gefühl im Magen zur Hauptverwaltung. Ich habe keine Ahnung, was mich dort erwartet, und womöglich ist es dieses Nichtwissen, was mich innerlich zerfrisst.

Als ich gestern Abend mit der Hotelspende im Café Nächstenliebe eingetroffen bin, hat mir Heike, meine dortige Kollegin und gute Freundin, sofort angesehen, dass mich etwas beschäftigt. Wir kennen uns bereits zehn Jahre – lange genug, um den anderen zu durchschauen.

„Was ist mit dir?", fragte sie mich besorgt, als wir gemeinsam die Lebensmittel im Kühlschrank verstauten. „So nachdenklich habe ich dich schon eine Weile nicht mehr gesehen."

„Ach, ich weiß auch nicht", gab ich unschlüssig zur Antwort. Immerhin war nicht klar, ob es überhaupt ein Problem gab und ich mir lediglich zu viele Gedanken machte. „Heute bin ich meinem Chef in die Arme gelaufen, den ich bisher gar nicht kannte. Und was soll ich sagen? Prompt habe ich mich in die Nesseln gesetzt und ihn aller Wahrscheinlichkeit nach verstimmt. Für morgen hat er mich zum Rapport gebeten und wenn nicht ein Wunder geschieht, kann ich mir danach einen neuen Job suchen."

„Ach nö", sagte Heike betroffen und nahm mich tröstend in die Arme. „Ich kann mich gerne mal in meiner Firma nach vakanten Stellen umhorchen."

„Danke, das ist lieb von dir", war ich dankbar für ihr Angebot.

„Darf ick mitkuscheln?", fragte Ecki, einer unserer Stammgäste, der seit Jahren auf der Straße lebt und sich bei uns täglich seine warme Mahlzeit abholt.

„Klar, komm her", bot Heike an und drückte uns beide.

Ich liebe diese familiäre Atmosphäre im Café. Inzwischen sind wir eine große Gemeinschaft und kennen uns untereinander gut. Die meisten unserer regelmäßigen Gäste sind mir ans Herz gewachsen und jedes ihrer Schicksale ist mir bekannt. Dass es in einem reichen Land wie Deutschland möglich ist, alles zu verlieren und vor dem Nichts zu stehen, ist mir nach wie vor unbegreiflich. Es ist eine Schande, dass der Staat an dieser Armut vorbeisieht und sich darum nicht schert. Nein, es ist nicht unsere Regierung, die den Menschen auf der Straße hilft, es sind die Mitfühlenden in unserer Gesellschaft, die durch ihre Spenden Großes bewirken. Ich wünschte, man könnte mehr tun, sodass niemand in diesem Land gezwungen ist, auf der Straße zu leben. Jeder sollte ein Dach über dem Kopf haben und nicht hungern müssen.

Ich biege ab auf den Innenhof der Firma Kronberg und beabsichtige, meinen Wagen auf der Stellfläche des Seniorchefs zu parken. Zwar bin ich mir nicht sicher, ob das Zugeständnis des Juniors, dort stehen zu dürfen, noch gilt, allerdings hat er sein Wort auch nicht zurückgenommen. Also gehe ich davon aus, diesmal alles richtig zu machen.

Ich wäre ja gern mit der U-Bahn gekommen, doch da unser Fahrer Willi weiterhin krank ist und ich die einzige von uns vier Mädels mit einem Auto bin, obliegt es mir, mich um die Einkäufe fürs Café zu kümmern.

Mit Gummibeinen wackle ich aufgeregt in den Bürotrakt des Hauses. Wo sich das Zimmer des Obergurus der Firma befindet, ist mir natürlich nicht bekannt. Woher auch? Diese Räumlichkeit zu betreten, ist in der Regel nur dem Führungspersonal vorbehalten. Ich bin jedoch bloß ein kleiner Krümel im großen Kuchen.

„Entschuldigung", bleibe ich am Empfang stehen und spreche eine mir ebenfalls unbekannte Kollegin an, „wo finde ich das Büro von Herrn Kronberg?"

„Haben Sie denn einen Termin?", fragt sie mich kratzbürstig, als würde sie mir bereits ansehen, dass ich nicht zur Oberelite gehöre, die sich einen Termin beim König verdient hat.

„Würde ich Sie sonst fragen?", bin ich geringfügig gekränkt, nicht für würdig genug gehalten zu werden.

„Wie ist Ihr Name?", hört sie nicht auf, blöde Fragen zu stellen. Ich wollte nur den Weg wissen und muss auf einmal einen ganzen Haufen voller abschätziger Blicke ertragen.

„Nina Schöne", antworte ich ansatzweise genervt und trommle mit den Fingern auf dem Tresen herum.

„Gut, ich melde Sie im Vorzimmer an."

„Und wo thront nun unsere Eminenz?"

„Wie bitte?"

„Wo lang muss ich gehen?"

„Vierte Etage, Zimmernummer 25."

Warum nicht gleich so!

Als ich ankomme, ist die Tür der Vorzimmerdame geöffnet und ich trete direkt ein.

„Können Sie nicht anklopfen?", faucht mich das spröde rotlockige Weib sofort an.

„Können Sie nicht freundlicher sein?", lasse ich ihre Unhöflichkeit an mir abprallen.

„Tse", gibt sie zurück und tippelt zu einer geschlossenen Tür im selben Raum und klopft dreimal dagegen.

„Ja", höre ich eine kräftige männliche Stimme antworten.

Madame Rotschopf öffnet und schiebt ihren Kopf durch den Spalt.

„Frau Schöne ist da", meldet sie mich an.

„Ja, nun lassen Sie sie eintreten und setzen da keinen Staub an", gibt er gereizt zurück.

Oh weh, er ist ja in einer prachtvollen Stimmung. Hoffentlich lässt er mich nicht so lange zappeln, bis er das Urteil vollstreckt. Ich plädiere für einen schnellen Tod.

Sie winkt mir aufgeregt zu, als wolle sie sagen: Nur nicht trödeln, sonst steppt der Bär. Ich lasse mich nicht hetzen und gehe im Ninaschritt zur Tür. Mit feuchten Händen versuche ich zu übersehen, dass mir mein pulsierender Fleischklumpen in der Brust bis zum Hals klopft und ich Gefahr laufe, ohnmächtig zu werden. Doch jetzt muss ich stark sein, egal, was mein Kreislauf dazu sagt.

Ängstlich trete ich ins Folterstudio und sehe meinen Henker an einem mächtigen Schreibtisch sitzen. Noch kritzelt er ein paar unleserliche Worte aufs Papier, während ich unbeholfen vor seinem Opfertisch stehe und darauf warte, angesprochen zu werden. Aber er denkt nicht daran und lässt weitere quälende Minuten vergehen. Ich spüre, wie mir das Blut aus dem Kopf entweicht und langsam zu meinen Füßen kriecht. Mein Gesicht muss mittlerweile wie eine Kalkwüste aussehen.

„Darf ich mich setzen?", frage ich zaghaft, doch erhalte keine Antwort. Bevor mich meine übertriebene Aufregung endgültig aus den Schuhen haut, werfe ich meine Tasche zu Boden und rette mich mit letzter Kraft auf den Stuhl neben mir. Wie ein verbogenes Gänseblümchen hänge ich auf meiner Sitzgelegenheit und atme schwer.

Herr Kronberg schießt wie eine Gewehrkugel von seinem Thron und läuft um den Schreibtisch herum.

„Brauchen Sie ein Glas Wasser?", hat er die Lage sofort erkannt.

„Ja, das wäre toll", bin ich dankbar für das bescheidene Angebot.

Er eilt zur Tür, um sie fast im gleichen Moment aufzureißen.

„Ein Glas Wasser, Frau Hahnenkamp, schnell!"

„Was, wie … ähm?"

„Nun machen Sie schon!", treibt er seine begriffsstutzige Assistentin an.

Während Madame Hahnenkamp durchs Firmengebäude hetzt auf der Suche nach H2O, zieht sich Herr Kronberg einen Stuhl heran und setzt sich neben mich.

„Sie sehen aus wie ein Bettlaken", gibt er wenig schmeichelhaft von sich. „Warum haben Sie nicht gleich was gesagt?"

„Weil Sie mich ignoriert haben", treffe ich den Nagel auf den Kopf.

Zwar habe ich meinen Blick nach unten gerichtet, trotzdem kann ich im Augenwinkel genau erkennen, wie er sich durchs Gesicht reibt.

„Verflucht noch mal, Frau Schöne, Sie sind keine drei Minuten hier und schon gelingt es

Ihnen wie von selbst, mir ein schlechtes Gewissen zu machen."

„Tut mir leid", sage ich leise und hoffe, dass sich Frau Hahnenkamp mit der Erfrischung herbeamt.

Herr Kronberg lacht und lehnt sich vor.

„Sehen Sie mich mal an", verlangt er und klemmt mir eine Locke hinters Ohr, die mein Gesicht verdeckte. Seine ungeahnte Berührung irritiert mich und lässt mich zusammenzucken.

„Keine Angst, Nina", wählt er erneut die zwanglosere Form der Anrede. „Ich will nur überprüfen, ob Sie wieder etwas an Farbe gewinnen." Er nickt zufrieden. „Und ich glaube, wir können auf den Notarzt verzichten."

Madame Hahnenkamp betritt kurzatmig den Raum.

„Ich musste bis zur Küche laufen, Herr Kronberg, bitte schön", erklärt sie und reicht ihm das gefüllte Glas.

„Sorgen Sie bitte dafür, dass sich stets ein Vorrat an Getränken in Ihrem Büro befindet. Ich dachte, das hätten wir besprochen."

Er gibt das Wasser an mich weiter, das ich in großen Schlucken aufsauge.

„Sie waren gerade verbraucht", rechtfertigt sie sich.

„Dann füllen Sie es sofort nach und nicht erst, wenn es benötigt wird. Das kann doch nicht so schwer sein!" Genervt stöhnt er auf. „Manchmal habe ich das Gefühl, ich rede gegen Wände."

„Aber ...", setzt sie erneut an.

„Nun hören Sie schon auf, mit mir zu diskutieren, und lassen mich mit Frau Schöne allein!", unterbricht er sie unwirsch.

„Natürlich", gibt sie sich geschlagen und tippelt aus dem Raum.

„Geht es Ihnen besser?", fragt er fürsorglich und lehnt sich weiter vor, sodass unsere Häupter beinahe zusammenstoßen.

„Ja", antworte ich und inhaliere seinen dezenten Duft, der meine Nase umschmeichelt. „Sie können jetzt damit beginnen, mich einen Kopf kürzer zu machen."

Er reagiert nicht auf meine Bemerkung und sieht mich stirnrunzelnd an, während ich meinen Blick stur nach unten richte.

Plötzlich greift er zu den Armlehnen meines Bürostuhls und dreht mich und den Sitz zu sich herum. Jetzt bin ich gezwungen, ihm in die dunklen, verärgerten Augen zu sehen, die sich zu kleinen Schlitzen formen.

„Ist Ihnen deshalb unwohl gewesen?", will er wissen und wirkt verständnislos.

„Weshalb?", habe ich eine lange Leitung. Er steht auf und geht ein paar Mal unruhig auf und ab.

„Also schön, dann will ich Ihren Erwartungen mal gerecht werden, Frau Schöne", klingen seine Worte wie eine Drohung. „Sie denken also, ich bin ein Monster, ja?"

Alarmiert sehe ich auf. In welches Wespennest habe ich eben gestochen?

„Nein", fällt mir nur dieses eine schnöde Wort ein, während ich insgeheim darüber nachdenke, ob ich nicht genau das denke.

„Sie sind mit Magenschmerzen hier erschienen und konnten sich vor Aufregung kaum auf den Beinen halten, weil Sie was dachten? Sie haben geglaubt, Sie müssten mich fürchten, warum?"

„Weil ich dachte, Sie wollten mir kündigen", bestätige ich seine Annahme, vor Panik geschlottert zu haben, als ich sein Zimmer betrat.

„Dazu hätte ich allen Grund gehabt, Frau Schöne!", überschlägt sich mit einem Mal sein Ton und lässt mich erstarren.

Na also, jetzt trifft genau das ein, womit ich gerechnet habe: eine Standpauke, die sich gewaschen hat. Die ersten zehn Minuten hatte ich eine Schonfrist, um mich für das aufziehende Gewitter zu stärken. Aber nun bricht das Unwetter gnadenlos über mich herein. Ich hätte einen Schirm mitbringen sollen.

Ich sage nichts und warte darauf, dass er mir erklärt, um welchen „Grund" es hier geht. Dass ich ihn mehrfach beleidigt habe? Das wäre in der Tat Grund genug gewesen. Doch das möchte ich schon aus seinem Mund hören, schließlich habe ich mich im Nachhinein entschuldigt und er schien mir verziehen zu haben. Aber ich kann mich auch irren und ihn völlig falsch einschätzen. Im Moment wirkt er eher unberechenbar.

„Sie haben mich belogen, Frau Schöne!", haut er mir einen Vorwurf um die Ohren, der unmöglich korrekt sein kann. Ich lüge nicht. Niemals! Notlügen im Alltag, okay! Aber verlogene Lügen, die mir oder anderen schaden könnten – absolut ausgeschlossen!

Ich hefte meinen Blick auf ihn und warte darauf, dass er fortfährt. Doch er gibt seiner Unterstellung Raum, damit sie ihre Wirkung zwischen uns entfalten kann. Dabei beobachtet er mich, spekuliert auf kleinste Veränderungen meiner Mimik, um mich endgültig zu überführen. Aber da ich mich nicht schuldig fühle, kann er lange auf eine visuelle Reaktion von mir warten.

„Wollen Sie denn nichts dazu sagen?", fordert er mich auf, das Wort zu ergreifen.

„Wenn Sie mir sagen, wozu, gern", antworte ich knapp und starre ihn weiterhin an.

Herr Kronberg lacht bitter und setzt sich an seinen Altar.

‚Wird das Hühnchen jetzt gerupft oder geopfert?', frage ich mich, als er mit dem Brieföffner zu spielen und auf einer Kladde darunter zu klopfen beginnt.

„Ich habe mir Ihre Akte geben lassen, Frau Schöne", erklärt er und erstaunt mich immer mehr. Was will das Oberhaupt der Kronbergdynastie mit meiner Personalakte, die so unwichtig wie ein Staubkorn im Universum ist?

„Und was glaubten Sie, darin zu finden?", bin ich neugierig und gleichzeitig sorgenfrei, da ich mir niemals etwas zuschulden kommen ließ.

„Die Frage ist doch eher, was ich nicht darin finden konnte", gibt er mir einen Hinweis, der mich jedoch nicht schlauer macht. „Warum haben Sie mich in dem Glauben gelassen, Sie wären bei uns als Reinigungskraft angestellt, Frau Schöne?", rückt er nun endlich mit der Sprache raus und öffnet den blauen Papphefter unter seinen Händen. Das Opfermesser legt er zur Seite und blättert in meiner Akte herum.

„Hätten Sie mich dann freundlicher behandelt?", stelle ich eine Gegenfrage.

Seine Wut, die sich geringfügig aufzulösen begann, wächst wieder an.

„Ist das Ihre Antwort auf eine ganz einfache Frage, die ich Ihnen gestellt habe?" Bebend springt er vom Thron, als hätte er auf einem Schleudersitz gesessen. Wie ein tollwütiger Stier stampft er zu meinem Platz und setzt sich zurück auf den Stuhl neben mir. „Ich schätze es nicht, belogen zu werden, liebe Frau Schöne. Und dumme Antworten noch weniger."

Jetzt beginnt es auch, in mir zu brodeln, darum zögere ich nicht, augenblicklich in den Kampfmodus überzugehen.

„Und ich schätze es überhaupt nicht, mich ungerecht behandeln zu lassen!", drehe ich den Ton meiner Stimme auf, als müsste ich gegen ein Megaphon anreden. „Sie haben kein Recht, mir irgendetwas vorzuwerfen. Ich habe Sie nicht belogen, und das wissen Sie genau! Dass ich Ihre fälschliche Annahme, ich wäre eine Reinigungskraft, nicht korrigiert habe, zeigt doch nur, wie weitsichtig ich war. Obwohl ich Sie gerade zwei Minuten kannte, durchschaute ich sofort, wie irrelevant es für Sie war, sich mit einer Putzfrau, Dekorateurin oder Büroangestellten zu streiten. Sie geben sich mit dem Fußvolk nicht ab, das haben Sie aus jeder Ihrer Poren ausgestrahlt. Geschäftsmänner wie Herr Fuhrmann sind Ihre Kragenweite, Unternehmer mit einem dicken Bankkonto. Kleine Fische wie ich sind nur ein notwendiges Übel, schließlich braucht man billige und willige Arbeitskräfte."

Ich hole Luft, um mit meinen überzogenen Angriffen fortzufahren, als Herr Kronberg dazwischenhaut.

„Schluss jetzt, Nina!", verlangt er und greift zur Rückenlehne meines Bürostuhls. Dabei wirft er mir einen gefährlichen Blick zu, mich nicht weiter aus dem Fenster zu lehnen. „Noch *ein* weiteres Wort und ich vergesse mich!"

Doch ich lasse mich nicht von seiner Drohgebärde einschüchtern. Mag ja sein, dass er älter ist als ich und im Gegensatz zu mir unermesslich reich. Auch will ich nicht abstreiten, an meinem Job zu hängen, und okay, mit achtundzwanzig Jahren kann ich vielleicht aus keinem übergroßen Lebenserfahrungstopf schöpfen. Aber ich habe genug gelernt, um zu wissen, dass niemand berechtigt ist, sich über einen anderen zu stellen – egal, welchen Beruf er ausübt oder wie vermögend er ist. Wir sind alle nackt auf die Welt gekommen und werden nichts mitnehmen können, wenn wir mal gehen. Die Milliarden auf einem Konto interessieren da oben nicht, sondern welchen Wert unser Leben hatte.

„Dann kündigen Sie mir doch endlich und zögern das Unvermeidliche nicht hinaus!", erlaube ich mir, den Bogen zu überspannen und mich seinem Befehl, still zu sein, zu widersetzen.

„Was habe ich gerade zu Ihnen gesagt, Frau Schöne?", fragt er mich mit glühenden Augen.

„Und wissen Sie was, Herr Kronberg, es ist mir egal. Ich will mich nicht länger von Ihnen erniedrigen lassen", gebe ich respektlos zurück und blicke mich nach meiner Tasche um, die ich vorhin im Schwindelwahn achtlos auf den Boden fallen ließ.

„Aber das hatte ich nicht vor!", klärt er mich überlaut auf und rollt mit dem Stuhl zu meiner Handtasche, um sie aufzuheben. Offenbar ist ihm nicht entgangen, wonach meine Augen so panisch Ausschau hielten.

„Das verstehe ich nicht", mache ich klar und strecke meine Hand aus, um mein Eigentum in Empfang zu nehmen. Doch er legt sich das Ding auf den Schoß und rollt zu mir zurück.

„Natürlich nicht, denn Sie sind ja schon mit der Vorstellung hier erschienen, ich würde Sie auseinandernehmen wollen", ist er im Bilde und lehnt sich bequem zurück. Dabei verschränkt er seine Arme und drückt sich mein Hab und Gut an den Bauch.

„Das haben Sie ja auch genüsslich getan", werfe ich ihm vor. „Und jetzt geben Sie mir diese dämliche Kündigung und – wenn ich bitten darf – meine Handtasche."

„Sie bekommen weder das eine noch das andere von mir. Erst, wenn Sie verstanden haben, warum ich Sie tatsächlich zu mir gebeten habe."

Ich schaue blöd aus der Wäsche, denn jetzt verstehe ich überhaupt nichts mehr.

„Na fein", sagt er lächelnd und überschlägt seine Beine. „Ich habe Sie sprachlos gemacht. Dann sind wir ja schon einen Schritt weiter."

Er beginnt, mit der Fußspitze zu wackeln, und genießt den Moment seines Triumphes.

„Ich wollte nur mit Ihnen reden, Nina, nichts weiter", fährt er fort, mich zu verwirren. „Die Tatsache, dass Sie etwas anderes vermuteten, hat mich verärgert. Also habe ich Ihnen gegeben, wovor Sie sich so fürchteten: eine Standpauke."

„Das war bloß ein Spaß für Sie?", kann ich nicht glauben, was ich höre.

„Nein, ja, nein … vielleicht ein bisschen", gibt er zu, ein Mistkerl zu sein, und zeigt sich amüsiert.

Ich versteife auf meinem Sitz und blicke meinen Chef aufgewühlt an.

„Dann nehmen Sie bitte hiermit zur Kenntnis, dass ich für Sie nicht länger arbeiten möchte", gebe ich ihm zu verstehen und deute mit der Hand zu meiner Tasche. „Geben Sie mir das nun zurück oder nicht?"

„Nein, verflucht noch mal!", antwortet er grummelnd und erhebt sich, um meine Tasche auf seinen Thron zu werfen. „Sie werden nicht kündigen und erst einmal hören, was ich Ihnen zu sagen habe."

Doch bevor er dazu kommt, mir eine Erklärung zu liefern, wird die Tür von außen aufgestoßen und der Seniorchef betritt den Raum.

„Welcher Idiot hat sich auf meinen Parkplatz gestellt?", schimpft er ins Zimmer hinein und gerät ins Stocken, als er mich sieht. „Oh, du hast Besuch", stellt er fest und strahlt mich erfreut an. „Eine hübsche, junge Dame mit langem, lockigen Haar."

Er kommt zu mir rüber, während sich sein Sohn augenrollend in seinen Bürosessel fallen lässt. Meine Handtasche stellt er neben sich auf den Boden, damit ich weiterhin keinen Zugriff darauf habe. Der Senior greift nach meinen kalten Fingern und küsst mir den Handrücken.

„Mit wem habe ich das Vergnügen?", flirtet er mit mir und überrascht mich damit, völlig anders zu sein als sein Sohn.

„Nina Schöne ist mein Name", antworte ich, angetan von seinem Charme. „Und ich bin die Idiotin, die sich auf Ihren Parkplatz gestellt hat, Herr Kronberg. Das tut mir leid."

„Aber nicht doch, meine schöne Frau Schöne", entgegnet er fröhlich und kichert über seine Worte. „Mein Stellplatz steht Ihnen jederzeit zur Verfügung. Wie könnte ich das einem hübschen Kind wie Ihnen verwehren?" Er nimmt auf dem freien Stuhl Platz, den eben noch sein Sohn besetzt hielt. „Und sollte es Ihnen mein Junge verbieten wollen, rufen Sie mich an."

Er reicht mir seine Visitenkarte, auf der seine Handynummer vermerkt ist. Der Junior schüttelt den Kopf und fährt sich stumm mit der Hand durchs Haar.

„Danke, aber er hat es mir selbst erlaubt", nehme ich den Mann in Schutz, von dem ich gerade noch annahm, er wollte mir kündigen.

„Meine liebe Frau Schöne, das kann unmöglich wahr sein!", staunt Herr Kronberg nicht schlecht. Er sieht zu seinem Sohn, der nur mit den Schultern zuckt, und heftet seinen Blick danach wieder auf mich. „Ihre wundervollen blauen Augen müssen ihn hypnotisiert haben. Mein Sohn ist ein gefühlskalter Klotz. Und das sagt ein durchaus stolzer Vater. Meine Frau und ich haben den Jungen viel zu sehr verwöhnt. Er ist niemals großzügig zu jungen Damen, nicht mal, wenn sie ein solch hübsches Gesicht haben wie Sie."

Der Junior schweigt weiter, sieht keine Veranlassung, seinen Vater zu stoppen. Womöglich weil er ihn zu gut kennt und ihm bewusst ist, dass er ihn nicht am Reden hindern kann. „Auf diese Weise verscheucht er eine Anwärterin nach der anderen. Welche Frau will schon mit einem Geizknochen verheiratet sein? Sie bestimmt auch nicht, nicht wahr, meine Liebe?"

„Ähm …", bringe ich heraus, bevor mich Herr Kronberg sogleich unterbricht.

„Ich lese meiner Frau heute noch jeden Wunsch von den Augen ab und Sie können mir glauben, dass mir nichts zu teuer für sie ist. Sie sind ihr sehr ähnlich, wissen Sie? Vielleicht gelingt es ja Ihnen, meinen Sohn zu zähmen. Aber bitte, bitte, mein hübsches Kind, lassen Sie sich nicht von ihm auf der Nase rumtanzen! Geben Sie ihm Zunder, er braucht das!"

„Ähm …", kann ich mich wiederholen und werde erneut am Sprechen gehindert.

„Sagen Sie, meine Liebe, ich kenne Sie doch!", überschlägt er sich vor Aufregung. Er sieht zu seinem Sohn rüber, der entspannt mit seinem sündhaft teuren Kugelschreiber spielt. „Das ist das Mädchen aus den Abendnachrichten!"

„Ich weiß", gibt der Junior milde lächelnd zurück und wippt den Stift gegen meine Personalakte, sodass ein dumpfes Klopfen zu hören ist.

„Unsere Firma sollte das Café unterstützen, mein Junge. Es ist ein gutes Projekt und verdient Anerkennung."

„Darüber habe ich schon nachgedacht", bringt er seinen Vater mit dieser Aussage zum Staunen.

„Ach, hast du das?", ist er beinahe sprachlos. „Meine liebe Frau Schöne, Sie sind eine wahre Zauberin. Mein Sohn ist in der Regel ein geiziger alter Esel mit wenig Feingefühl. Sollte es Ihnen tatsächlich gelingen, aus ihm einen warmherzigen, liebevollen Mann zu machen, verdienen Sie meinen Respekt."

„Ähm …", will ich gerade ansetzen, um etwas richtigzustellen, als sich der Senior erhebt und sich seinem Sohn zuwendet.

„Ich wollte nicht stören, mein Junge. Bin nur auf dem Sprung."

„Kein Problem", erwidert der Junior und legt den Kugelschreiber aus der Hand. Er steht auf, um seinen Vater zu umarmen. Sie klopfen sich auf den Rücken und tauschen ein paar wenige Worte aus, bevor der Senior zum Ausgang geht. Er schenkt mir ein letztes Lächeln, öffnet die Tür und kaum ist er hinausgegangen, beginnt er ein Gespräch mit Frau Hahnenkamp.

3

Nun sind wir wieder allein: Herr Kronberg, meine Wenigkeit und die unangenehme Stille, die uns plötzlich umgibt. Ich rutsche nervös auf meiner Sitzfläche herum. Sollte ich jetzt was sagen? Immerhin habe ich gerade mehr Persönliches von ihm erfahren, als ihm lieb sein wird. Er steht noch an der gleichen Stelle wie eben, als er seinen Vater verabschiedete, und sieht auf mich herab. Ich dagegen starre gegen die Schreibtischkante und möchte mich vor Scham in meine Atome auflösen.

Herr Kronberg setzt sich in Bewegung und pflanzt sich auf den leeren Platz neben mich. Seine Hand umfasst erneut meine Armlehne und dreht den Bürostuhl, auf dem ich steif sitze, in seine Richtung.

„Warum ist Ihnen die Situation peinlich, Nina?", hat er meine Starre richtig interpretiert und sorgt für weiteres Unbehagen in mir.

Ich erwidere nichts und lasse meinen Blick ruhelos durch sein Gesicht irren.

„Es müsste eher mir unangenehm sein, dass Sie mein Vater in diese Lage gebracht hat. Und dafür entschuldige ich mich."

„Das brauchen Sie nicht", sage ich leise und sehe ihn auf einmal mit anderen Augen. Die ganze Zeit habe ich lediglich den Chef in ihm gesehen. Nun sitzt mir ein liebevoller Sohn gegenüber, der sich von seinem Vater vorführen ließ und diese Persönlichkeitsüberschreitung mit Würde hinnahm. Er hätte ihm den Mund verbieten oder des Raumes verweisen können. Immerhin ging der Senior zu weit, als er mich, eine kleine Angestellte, über die Charakterschwächen seines Sohnes aufklärte.

„Jetzt wissen Sie über mich Bescheid, Nina", bestätigt Herr Kronberg die schlechten Eigenschaften, die ihm sein Vater anlastet.

„Nein, das weiß ich nicht, Herr Kronberg", widerspreche ich. „Niemand ist zwangsläufig die Person, die jemand in ihm sieht. Menschen sind vielfältig und entwickeln sich. Sie sind vielleicht ein geiziger Mann, aber sicher ebenso jemand, der fähig sein wird, großzügig zu sein. Nichts ist in Stein gemeißelt, auch nicht unsere Unzulänglichkeiten. Kleine charakterliche Unstimmigkeiten gleichen Sie bestimmt mit anderen guten Eigenschaften aus."

Herr Kronberg schmunzelt amüsiert und beugt sich vor.

„Sie sind sehr nachsichtig mit mir, Frau Schöne, dabei habe ich Ihnen keine Veranlassung gegeben, mich in einem anderen Licht zu sehen", entgegnet er und hat damit durchaus Recht. Aber ich bemühe mich stets, in jedem etwas Gutes zu erkennen. Keiner ist ausnahmslos schlecht. „Es ist, wie mein Vater gesagt hat", fährt er fort. „Ich bin ein unverbesserlicher Griesgram, der auf seinem Geld sitzt und die Frauen verschreckt. Bei Ihnen ist mir das doch auch ganz gut gelungen."

Sein Lächeln verschwindet und weicht einer nachdenklichen Mimik. „Es tut mir leid, Nina, dass ich Sie so angegangen bin. Das haben Sie nicht verdient."

Ich bin perplex von seiner unerwarteten Entschuldigung. Mit allem habe ich gerechnet, aber nicht mit so etwas.

„Danke", sage ich mit belegter Stimme und muss mich räuspern. Zu Weiterem bin ich nicht fähig. Die neue Lage irritiert mich.

„Sie sind ein sehr großherziger Mensch", knüpft er an seinen letzten Satz an. „Das imponiert mir. Und Ihre Direktheit … wow …", er schüttelt den Kopf und lässt sich zurückfallen, „ich kann mich nicht erinnern, dass mir jemals jemand auf solch unverblümte, unschuldige Art und Weise den Kopf gewaschen hat. Sie trauen sich was, Frau Schöne, das hat mir nicht nur einmal die Sprache verschlagen. Obwohl Sie mich gnadenlos kritisiert und sogar vor Herrn Fuhrmann auf den Pott gesetzt haben …", er macht eine Pause und atmet tief durch, „… konnte ich Ihnen nicht böse sein." Er reibt sich über die Oberschenkel und vermittelt einen gescholtenen Eindruck. „Sie haben's wirklich drauf, einen sturen Bock wie mich zu züchtigen. Und dabei wählen Sie Ihre Worte mit Bedacht und treffen mich mit Ihren zielgenauen Argumenten direkt ins Mark."

Ich bin platt, das zu hören, und brauche einen Augenblick, das Gesagte zu verarbeiten. Immerhin öffnet er sich gerade völlig unerwartet mit einer bewundernswerten Ehrlichkeit, mit der ich im Leben nicht gerechnet hätte. Deshalb möchte ich mein schlechtes Benehmen ihm gegenüber am liebsten rückgängig machen, denn ich gehe üblicherweise sanftmütig mit meinem Umfeld um. Aber ich darf auch nicht vergessen, dass Herr Kronberg alles andere als liebenswürdig mit mir umgegangen ist.

„Es liegt mir fern, Sie zu verletzen", erwidere ich endlich, nachdem ich mir darüber klargeworden bin, dass ich mich falsch verhalten habe. „Ich hätte Sie nicht so respektlos beurteilen dürfen."

Herr Kronberg sieht mich fragend an und weiß offensichtlich nichts mit meiner Entschuldigung anzufangen. Er fährt sich mit der Hand über seine Bartstoppeln und als das Telefon zu klingeln beginnt, ignoriert er es grübelnd.

„Sie haben mich nicht verletzt, Nina", stellt er meine fälschliche Vermutung richtig. „Ihnen scheint überhaupt nicht klar zu sein, wie überaus überzeugend Sie sein können, wie treffsicher Sie mit Worten umgehen. Sie verletzen die Menschen nicht, Sie halten ihnen einen Spiegel vors Gesicht und gehen dabei äußerst elegant vor: Bevor Blut fließen kann, ziehen Sie Ihren Pfeil wieder ein Stück aus der Wunde heraus und erklären sich mit einer Vehemenz, die einem das Gefühl gibt, alles wäre halb so wild. Aber am Ende bleibt etwas zurück, ein Gedanke, der sich infiziert und im

Körper ausbreitet: nämlich der, dass Sie womöglich Recht hatten und man selbst völlig falsch lag."

Bestimmt erwartet er nun von mir, dass ich irgendetwas Schlaues erwidere, doch ich bin sprachlos darüber, wie er mich einschätzt, was er in mir sieht. Ich bin bloß ein einfaches Mädchen aus der Mittelschicht, die ein Schaufenster prima dekorieren kann, aber garantiert keine rhetorische Überfliegerin, die ihre Mitmenschen folgenlos kritisieren kann. Das ist auch gar nicht meine Absicht, denn ich spiele mich nicht als Übermutter auf, die mit erhobenem Zeigefinger herumläuft und die Taten anderer Leute bemäkelt.

„Arbeiten Sie für mich, Nina", bemerkt er überraschenderweise und sorgt damit bei mir für Stirnrunzeln.

„Aber das tue ich doch längst", bin ich mir nicht sicher, was er von mir möchte. Doch statt mir eine Erklärung zu liefern, erhebt er sich und geht stumm zum Fenster. Dort stützt er sich mit beiden Händen aufs Fensterbrett und sieht in die Ferne. Kostbare Zeit verstreicht ungenutzt, bis das Telefon erneut klingelt und die Ruhe stört. Auch diesmal schenkt er ihm keine Beachtung und bewegt sich nicht von der Stelle. Plötzlich stürmt Frau Hahnenkamp ins Zimmer und redet sofort drauflos.

„Verzeihen Sie bitte die Störung, Herr Kronberg, aber ich habe Herrn Meyer am Apparat. Es ist dringend."

Der Junior dreht sich um und wirkt, als wollte er seine Mitarbeiterin gleich anspringen. Zornesfalten bilden sich zwischen seinen Augen.

„Haben Sie ihn gefragt, worum es geht?", will er wissen und ist noch dabei, seine Wut im Zaum zu halten.

„Nein", bekommt er ihre unqualifizierte Antwort zu hören.

„Und woher, verflixt und zugenäht, wollen Sie dann wissen, dass es dringend ist?", gibt er zurück und beginnt bereits aus allen Öffnungen zu rauchen.

„Weil Herr Meyer das so sagte", ist ihre wenig aussagekräftige Antwort.

„Ach, weil Herr Meyer das also sagte", wiederholt er ihre Worte und hebt seine Arme in die Luft, um sie kurz darauf wieder fallen zu lassen. „Mein Gott, Frau Hahnenkamp, wann lernen Sie das endlich? Sie wissen, dass ich eine Besprechung habe. Es kann doch nicht zu viel verlangt sein, wenn Sie sich eine Gesprächsnotiz machen, die Sie mir später geben."

„Natürlich", erwidert sie kleinlaut. „Daran habe ich nicht gedacht."

„Dann stellen Sie Ihr Hirn einfach mal an, wenn Sie im Büro sind. Das könnte uns beiden helfen."

Gekränkt zieht sich Frau Hahnenkamp zurück und schließt ohne ein weiteres Wort die Tür.

Herr Kronberg lehnt sich rückwärts gegen die Fensterbank und wischt sich erschöpft durchs Gesicht.

„Sie sehen ja, was hier los ist, Frau Schöne", richtet er das Wort wieder an mich und beabsichtigt, unser Gespräch fortzusetzen. „Seitdem mir mein Vater die alleinige Führung des Unternehmens übertragen hat, bin ich round about im Einsatz und finde kaum noch Zeit zum Durchatmen."

„Das klingt nicht sehr gesund", bemerke ich mitfühlend, was Herr Kronberg mit einem müden Lächeln quittiert. Er löst sich von seinem Standort und begibt sich zurück zu mir. Doch er setzt sich nicht und reicht mir stattdessen die Hand.

„Kommen Sie, Frau Schöne. Lassen Sie uns einen kleinen Ausflug machen. Ich will Ihnen etwas zeigen."

Ich zögere, als er nach meinen Fingern greift, um mir hochzuhelfen. Aber er schmunzelt mich vertrauensvoll an und führt mich aus dem Büro.

„Herr Kronberg, Monsieur Bellamy hat angerufen und bestätigt Ihren Termin in zwei Tagen", teilt ihm seine Assistentin mit, während wir gemeinsam in den Flur treten. „Sie möchten bitte pünktlich sein, er hat nur wenig Zeit."

„Danke, Frau Hahnenkamp!", ruft er ihr zu und drückt mich voran, bis wir eine offene Tür am Ende des Ganges erreichen.

„Bitte", sagt er und weist mir den Weg mit der Hand. „Nach Ihnen."

Ich gehe hinein und wundere mich, als ich in dem übergroßen Zimmer stehe, in dem ein leerer Schreibtisch und Regale untergebracht sind. Herr Kronberg folgt mir und schließt die Tür.

„Gefällt Ihnen dieser Raum?", fragt er mich gespannt und stellt sich direkt neben mich, um mit mir zusammen den Blick schweifen zu lassen.

„Worauf wollen Sie hinaus, Herr Kronberg?", wundere ich mich darüber, dass er mich hierhergeführt hat.

„Also schön", bemerkt er und lehnt sich gegen den Schreibtisch. „Ich möchte, dass Sie meine rechte Hand werden, Nina. Ich brauche eine Vertrauensperson, jemanden, auf den ich mich hundertprozentig verlassen kann."

„Aber ... aber", sage ich verblüfft und verstumme sogleich wieder. Diese Verkündung muss erst einmal alle meine Gehirnwindungen passieren, bevor mir etwas Gescheites dazu einfällt.

„Damit überfordere ich Sie wohl ein wenig", sagt er mit einem verständnisvollen Blick.

„Hören Sie, Herr Kronberg", weiß ich endlich, was ich zu erwidern habe, „ich fühle mich geschmeichelt, dass Sie mir einen so verantwortungsvollen Posten zutrauen. Aber ich bin keine Kauffrau, sondern eine Dekorateurin. Sie können unmöglich glauben, ich wäre Ihnen hier eine Hilfe. Und warum in aller Welt meinen Sie, Sie könnten mir vertrauen? Sie kennen mich doch nicht genug, um mich zu Ihrer rechten Hand zu machen. Sicherlich ruiniere ich Ihnen Ihr Unternehmen noch mit meiner Unerfahrenheit."

Herr Kronberg scheint den Ernst der Lage nicht zu begreifen und lacht erheitert.

„Sie sind wirklich entzückend", entgegnet er und will meine Antwort nicht akzeptieren. „Ich werde Sie einarbeiten, keine Angst. Wir fangen klein an und Sie erhalten die Zeit, die Sie benötigen, um alle Zusammenhänge zu erfassen. Und dass Sie eine ehrliche Haut sind, Nina, ist mir sofort aufgefallen. Um dies zu erkennen, braucht man kein Diplom. Sie haben einen ausgeprägten Gerechtigkeitssinn, besitzen Kampfgeist und sind durch und durch ein Gutmensch. Sie könnten niemals jemandem schaden. Liege ich damit richtig?"

Beeindruckt sehe ich ihn an und staune darüber, wie schnell er sich eine Meinung über mich gebildet hat. Bin ich wirklich leicht durchschaubar? Er ist mir lediglich dreimal begegnet und meint nun, genug über mich zu wissen, um mich zu einer Vertrauensperson zu machen? Wow! Ich bin überwältigt.

„Nein, das könnte ich nicht", beantworte ich seine Frage kaum hörbar.

Herr Kronberg nickt und lächelt mich an.

„Sagen Sie mir, was Sie denken, Nina", fordert er mich auf, etwas zu seinem Angebot zu sagen.

„Ich bin verunsichert", gebe ich zu. „Sie wissen, dass ich nicht qualifiziert genug bin, und doch wählen Sie mich aus. Was ist, wenn ich Ihren

Erwartungen nicht entspreche? Werden Sie mich dann ebenso unhöflich behandeln wie Frau Hahnenkamp?"

„Halt, halt, halt …", stoppt mich Herr Kronberg, meine Bedenken weiter zu äußern. „Sie werden sich doch wohl nicht mit meiner Assistentin vergleichen. Stellen Sie Ihr Licht nicht unter den Scheffel, Frau Schöne. Sie sind ein ganz anderes Kaliber und für den Fall, ich vergreife mich im Ton, geben Sie mir halt Kontra. Darin sind Sie schließlich eine Expertin."

Er grient wie ein Lausebengel und wirkt mit jedem Wort, das wir wechseln, entspannter. Ohne Zweifel fühlt er sich wohl in meiner Gegenwart. Das ist nicht zu übersehen.

„Kann sein", erwidere ich zaghaft und falle in den Grübelmodus. Ich gehe ein paar Schritte durch den Raum und inspiziere ihn oberflächlich. „Aber ich muss Ihr Angebot ablehnen", verblüffe ich Herrn Kronberg mit meiner Antwort.

Er löst sich vom Tisch, an den er sich die ganze Zeit lehnte, und stiert mich verärgert an.

„Sie kennen ja nicht mal meinen Gehaltsvorschlag. Ich werde Sie übertariflich bezahlen und Sie sind jedem im Unternehmen überstellt."

„Das klingt sehr verlockend, aber ich lege keinen Wert auf Geld oder Status", versuche ich, ihm meine Entscheidung zu erklären. „Ich arbeite gern als Dekorateurin und bin mit meinem Verdienst zufrieden. Mir bleibt nach der Arbeit genügend

Zeit, mich für benachteiligte Menschen zu engagieren. Beide Aufgaben füllen mich aus und machen mich glücklich."

„Verdammt noch mal, Frau Schöne, ich werde Ihr Café unterstützen, und zwar mit großzügigen Spenden! Von mir aus auch mit Arbeitskräften, die meine Firma bezahlt! Solange *Sie* sich nur die Zeit nehmen, für mich zu arbeiten."

„Heißt das etwa, dass Sie es nicht unterstützen, wenn ich mich gegen eine Zusammenarbeit entscheide?", erscheint es mir angebracht, seine Aussage genauer zu hinterfragen.

„Ja, zum Kuckuck noch mal! Das können Sie gerne so auffassen", erwidert er grimmig und geht im Zimmer aufgewühlt umher.

„Sie erpressen mich also?", frage ich verstört über seine plötzliche Verstimmung.

„Nein, Nina, ich stelle Sie bloß vor die Wahl. Fügen Sie sich mir oder vergessen Sie Ihren Job als Dekorateurin!"

„Wie bitte?", kann ich seine Drohung nicht fassen. „Das können Sie nicht machen! Ich war immer loyal und habe mir nie etwas zuschulden kommen lassen."

„Natürlich haben Sie das nicht!", brüllt er mit einem Mal übermächtig. „Darum sind Sie auch meine erste Wahl!" Erschöpft geht er ans Fenster und blickt in den Himmel. „Können Sie sich vorstellen, was es heißt, einen Großkonzern zu führen?", fragt er mich mit gedämpfter Stimme.

„Eher nicht", gebe ich ihm eine ehrliche Antwort. Ich folge ihm zum Fenster und stelle mich neben ihn. „Und genau deshalb bin ich nicht die Richtige für diese Aufgabe. Ich denke nicht wie eine Geschäftsfrau, die profitabel arbeiten möchte, sondern wie ein Gutmensch, der das Geld lieber an Hilfsbedürftige verteilt."

Er zieht einen Mundwinkel nach oben – sieht jedoch verbittert aus. Aber er erwidert nichts und richtet seinen Blick weiterhin nach draußen.

Ich werde nervös, denn nun habe ich doch meine Kündigung zu befürchten, und das nur, weil ich mich nicht befördern lassen will.

Stumm wendet er sich mir zu und sieht streng auf mich herab. Ich warte darauf, dass er mich anspricht, aber er scheint über etwas nachzudenken. Es vergehen weitere Sekunden, in denen er mich bloß anschaut, als er sich endlich regt und seine Hand unter mein Kinn legt, um meinen Kopf anzuheben.

„Ich weiß nicht, wie es Ihnen immer aufs Neue gelingt, mich zu beeindrucken, Nina", sagt er mit entspannterer Miene. Ich dagegen verspanne mich zunehmend, da mich seine Berührung aufwühlt. Oder sind es diese braunen Augen, die meinen Puls gefährlich hochschnellen lassen? – Hey, zügle dich, Nina, du stehst deinem erpresserischen Boss gegenüber, der sich erneut unrühmlich verhalten hat. – Ja, das mag durchaus sein, trotzdem kann ich nicht darüber hinwegsehen, dass er ein attraktiver Mann ist.

„Heißt das, dass Sie meinen Standpunkt nachvollziehen können?", erlaube ich mir zu fragen
und hoffe, er zeigt sich nun sanftmütiger.

„Natürlich kann ich das", gibt er zurück und
lacht. „Sie haben mich erneut davon überzeugt,
dass Sie eine starke Persönlichkeit sind, Frau
Schöne." Er gibt mein Kinn frei und lenkt mich an
der Schulter zum Ausgang. „Deshalb werden Sie
auch für mich arbeiten, ob es Ihnen nun gefällt o-
der nicht."

Ich bleibe stehen und wehre seine Hand ab.

„Dann haben Sie mich also doch nicht verstanden", stelle ich wütend fest und habe nicht vor,
mich von ihm unter Druck setzen zu lassen.

„Jedes einzelne Wort", widerspricht er grinsend. „Sie behalten Ihren Arbeitsplatz – nur keine
Panik – und dekorieren weiterhin nach Lust und
Laune. Ich werde Ihr Café mit allem Notwendigen
unterstützen und dafür begleiten Sie mich dann
und wann zu geschäftlichen Meetings. Dabei können Sie etwas lernen und mich allein durch Ihre
charmante Anwesenheit unterstützen." Ich laufe
rot an und überlege, was ich erwidern soll. „Ich
werte Ihre zurückhaltende Reaktion als Zustim-
mung."

„Na ja", bin ich noch dabei, seine unverhoffte
Kehrtwende zu begreifen.

„Schön", schließt er unser Gespräch ab und
öffnet die Tür. „Dann werde ich Ihnen mal Ihr Ei-

gentum aushändigen. Oder wollen Sie Ihre Tasche gleich in meiner Obhut lassen, immerhin werden wir uns schon bald wiedersehen."

„Ich kann Ihnen nicht ganz folgen", bemerke ich verwirrt und hefte mich im Flur an seine Fersen.

„Wir haben in zwei Tagen um achtzehn Uhr einen Termin mit Monsieur Bellamy im Bonbach Hotel."

„Äh …", entgegne ich, als wir gemeinsam sein Büro betreten. Herr Kronberg lässt die Tür zufallen und geht zu seinem Platz, um meine Handtasche vom Boden zu picken.

„Bitte sehr", sagt er grinsend und drückt mir das Teil in die Hand.

„Meinen Sie Fabrice Bellamy, den Pariser Designer?", bin ich vollkommen aus dem Häuschen.

„Genau den, meine liebe Frau Schöne", antwortet er beschwingt und tippt mir auf die Nasenspitze. „Ziehen Sie sich also etwas Schönes an, dieser Mann ist äußerst kritisch, wenn es um Kleidung geht."

„Aber ich habe nichts Passendes für solch einen Anlass", gebe ich zu bedenken und schaue an mir herunter. „Am liebsten laufe ich in ausgewaschenen Jeans herum und einem bequemen Oberteil. Damit kann ich gewiss keinen Designer beeindrucken."

„Sie werden doch wohl ein hübsches Kleid besitzen", wundert er sich.

„Wozu?", gebe ich zurück. „Ich bin keine Businessfrau und verbringe die meiste Zeit im Café." Ich stelle mich zappelig von einem Bein aufs andere. „Sie sehen, Herr Kronberg, ich bin selbst als nette Begleitung völlig ungeeignet. Mit mir gewinnen Sie keinen Blumentopf."

„Papperlapapp", weiß er es besser und zieht seine Geldbörse aus der Gesäßtasche. Er klappt sie auf und holt eine Kreditkarte hervor. „Hier, nehmen Sie das und kaufen sich alles, was Sie brauchen. Und statten Sie Ihren Kleiderschrank gut aus. Mit *einem* Outfit ist es nicht getan."

Er reicht sie mir, doch ich nehme die Karte nicht entgegen.

„Das geht nicht", fühle ich mich beschämt. „Ich bezahle meine Kleidung selbst."

„Das werden Sie nicht!", entgegnet er und greift nach meinen Fingern, um mir die Karte in die Handfläche zu drücken. „Für Ihre Dienstkleidung komme *ich* auf", macht er klar und legt meine Hand in seine, sodass ich ihm die Kreditkarte nicht zurückgeben kann. Diese Geste bringt meine Ohren zum Glühen. Mit erneuter Nähe habe ich nicht gerechnet. Sobald er mich berührt, bin ich wie elektrisiert. Das muss ich dringend in den Griff bekommen, sonst falle ich noch unplanmäßig über ihn her. Und das könnte ziemlich peinlich für mich werden.

Ich erwidere nichts mehr und gebe mich geschlagen.

„Gut", sagt er zufrieden, als er erkennt, dass er meinen Widerspruch im Keim erstickt hat. „Hier ist falscher Stolz nämlich vollkommen unangebracht, Frau Schöne. Immerhin nötige ich Sie dazu, mich geschäftlich zu begleiten. Glauben Sie nicht, das wäre mir nicht bewusst", gibt er zu, mir eine Zwangsjacke umgelegt zu haben. „Ich nutze Ihre Loyalität der Firma und dem Café gegenüber aus und dränge Sie zu einer Aufgabe, die Sie nur widerwillig übernehmen, um meine Spendenbereitschaft für Ihr Projekt zu erhöhen und Ihren Arbeitsplatz nicht zu gefährden. Ich bin ein Egoist und missbrauche Ihre Gutmütigkeit für meine Zwecke. Vergessen Sie also Ihre Bescheidenheit, die ist hier fehl am Platz. Nehmen Sie diese Kreditkarte und zahlen es mir heim. Räumen Sie die Geschäfte leer, das würde jede Frau tun, die ohne Limit einkaufen gehen darf. Aber ich warne Sie, Frau Schöne, ich erwarte absolute Perfektion. Sorgen Sie dafür, dass mich Ihr Look umhaut."

4

Ich sitze im Café Nächstenliebe mit Heike, Sven und Ecki zusammen am Tisch. Das einzige Gesprächsthema zwischen uns ist Herr Kronberg, dessen Kreditkarte ich in der Hand halte und andächtig ansehe. Meinen übertriebenen Einkauf habe ich in die Küche gestellt, doch zuvor führte ich Heike meine neu erstandenen Luxusklamotten vor. Ich brauchte eine zweite Meinung, wollte wissen, ob der Fummel einen berühmten Designer vom Hocker reißen würde. Sie kam aus dem Staunen gar nicht mehr raus, als ich ihr die Mode vorführte. Offenbar habe ich alles richtig gemacht.

Allerdings scheine ich keine typische Frau zu sein, denn das Shoppen war alles andere als ein Genuss. Ich bin von einem Markengeschäft ins nächste gehetzt und habe eine Klamotte nach der anderen anprobiert. Am Ende taten mir die Füße weh und nun sitze ich erschlagen mit meinen Freunden zusammen und bereue ein wenig, nicht einfach alles bei Kronberg gekauft zu haben. Bei uns gibt es eine adäquate Auswahl an Markenkleidung und das alles auf einer Fläche. Fußschonender wäre diese Entscheidung gewesen, allerdings wollte ich vermeiden, dass jemand mitbekommt, mit wessen Kreditkarte ich meinen Luxuseinkauf bezahle.

„Was für ein Aufschneider", sagt Sven und rümpft die Nase. „Drückt dir mal eben seine Kreditkarte in die Hand und protzt mit seinem Vermögen. Der Kerl war mir schon im Hotel unsympathisch."

„Du bist ja bloß neidisch, dass du noch nie auf so eine Angeberidee gekommen bist", kichert Heike und wuschelt Sven über sein kurzes Haar.

Ich muss grinsen, dabei ist mir überhaupt nicht nach Spaß zumute, denn morgen Abend wird mich mein Chef zu Hause abholen, um mich einem Star-Designer vorzustellen. Auf das eine sowie auf das andere kann ich gut verzichten. Als Herr Kronberg beschloss, mich mit seinem Wagen einzusammeln, schlug ich sein Angebot vehement aus und erklärte ihm, ich würde selbst fahren.

„Kommt nicht infrage!", ließ er meine Entscheidung nicht gelten. „Nicht auszudenken, wenn Monsieur Bellamy Sie in dieser Rostmühle vorfahren sieht."

Somit war die Sache geritzt – jedenfalls für meinen Boss. Dass es mir womöglich unangenehm sein würde, ihn in meinen bescheidenen Räumlichkeiten zu empfangen, wurde übergangen.

„Na ick weeß nich", bemerkt Ecki, unsere Berliner Urpflanze, „ick würd mich freu'n, wenn mir jemand seine Kreditkarte zustecken tät. Is doch schön für die Kleene. Kann se sich endlich mal wat Nettet leisten."

„Mensch Ecki", erwidert Sven aufgebracht, „verstehst du nicht? Dieser Großkotz will unsere Nina doch bloß vögeln."

„Also bitte", geht Heike dazwischen. „Das kann man auch weniger vulgär ausdrücken."

„Das ändert aber nichts an der Tatsache, dass er scharf auf sie ist", gibt Sven zurück.

„Blödsinn!", mische ich mich ein. „Ich spiele überhaupt nicht in seiner Liga."

„Hallo? Klopf, klopf", bemerkt Sven und tippt mir gegen die Stirn. „Erstens bist du eine verflucht attraktive Frau und zweitens wird dein Boss Augen im Kopf haben, Nina", klärt er mich auf.

„Danke", erwidere ich verlegen.

„Hey, hey, hey", sagt Rosa und setzt sich mit ihrer Suppe dazu. Sie ist unsere Älteste, die mit ihrer kleinen Rente einfach nicht hinkommt. Deshalb isst sie abends gern bei uns, um sich eine Mahlzeit am Tag zu sparen. Ich habe sie sehr gern, weil sie wie eine Mutter für uns ist und hin und wieder in der Küche aushilft. „Vergiss nicht, mein Junge", tadelt sie Sven, „du bist glücklich verheiratet."

„Aber auch ich war mal Single, Rosa", bemüht sich Sven, seine Bemerkung richtigzustellen, „und ich weiß genau, wie das läuft: erst den Charmeur raushängen lassen, dann abschleppen und am Ende die Flucht ergreifen."

„Wow, Sven", amüsiert sich Heike, „du warst ja ein richtiger Checker."

„Hör zu, Nina", überhört er die Anspielung und sieht mich besorgt an. „Was der Kerl auch bei dir versucht, lass dich nicht auf ihn ein, okay?"

„Okay", antworte ich in seinem Sinne. „Aber das hatte ich ohnehin nicht vor. Er ist mein Brötchengeber, Sven, und mein Job ist mir wichtig. Außerdem glaube ich nicht, dass er etwas anderes von mir will als meine Arbeitskraft."

„Wir werden sehen", weiß Sven es besser und scheint zum Thema nichts mehr sagen zu wollen.

„Ick fänd dit schön, wenn sich unsere Kleene 'nen Milliardär angeln tät", bemerkt Ecki und rückt Rosa etwas näher. Er legt seinen Arm um ihre Schultern und zieht sie an sich heran. „Nich, mein Joldstück? Was sagst du dazu?"

„Dass ich zu alt für dich bin, Ecki", lacht sie und beißt in ein Stück Brot.

„Ich finde, du solltest auf Sven hören", springt Heike nun auf denselben Zug auf.

„Ach Leute, ihr macht euch viel zu viele Gedanken um mich", sage ich und lächle in die Runde. „Ich krieg' das schon hin, keine Sorge."

5

Unruhig laufe ich in dem neuen schwarzen, schulterfreien Kleid umher und suche meinen Lippenstift. Wann benutze ich so ein Zeug schon? Das letzte Mal vor drei Jahren zur Hochzeit meiner Cousine. Im Flurschrank werde ich fündig und beginne sofort mit der Bemalung. Jeden Augenblick könnte mein Chef auf der Matte stehen und mich mit einem kritischen Blick beäugen. Ich wünschte, ich hätte den Abend längst überstanden. Meine Aufregung ist kaum mehr zu ertragen.

Gerade will ich mir die High Heels überziehen, als es am Eingang klopft. Auf Zehenspitzen schleiche ich zur Tür und linse durch den Spion. Warum ist er bereits oben? Irgendwer muss wieder die Haustür aufgelassen haben und sorgte somit dafür, dass mir nun keine Möglichkeit bleibt, mich innerlich auf Herrn Kronberg vorzubereiten. Immerhin wohne ich in der dritten Etage. Und wenn alles erwartungsgemäß verlaufen wäre, hätte er erst unten klingeln, danach einen Haufen Stufen überwinden müssen, bevor er an meine Wohnungstür klopfen kann. In dieser Zeit hätte ich mir die Schuhe anziehen, zu meiner Tasche greifen und einen letzten überprüfenden Blick in den Spiegel werfen können.

Barfuß und mit zitternden Fingern öffne ich und stehe meinem Boss gegenüber, der in seinem maßgeschneiderten Anzug beeindruckend gut aussieht.

„Hallo", begrüße ich ihn unsicher. „Ich bin gleich so weit. Wollen Sie einen Augenblick eintreten?"

Er sieht mich stumm an und folgt mir in die Wohnung. Seine sparsame Reaktion steigert meine Nervosität. Habe ich etwas falsch gemacht? Gefällt ihm meine Aufmachung nicht?

Während ich in die High Heels schlüpfe, spüre ich seinen Blick auf mir, wie er jede meiner Konturen genauestens inspiziert. Das eng anliegende Satinkleid umschmeichelt meine schlanke Taille. Womöglich ist es eine Spur zu direkt – zu offensiv, obwohl es meine Knie verdeckt und von Spaghettiträgern gehalten wird.

„Warum sagen Sie nichts?", frage ich verunsichert und stehe vor ihm wie ein scheues Reh.

„Weil mir Ihr Anblick die Sprache verschlagen hat, Frau Schöne", antwortet er heiser und hört nicht auf, mich zu mustern.

„Im guten oder im schlechten Sinne?", weiß ich seine Bemerkung nicht einzuordnen.

„Verdammt noch mal, Nina, sehen Sie doch selbst!", sagt er und begibt sich zu mir, um mich an den Schultern Richtung Spiegel zu drehen.

Hinter mir stehend, hält er mich an den Oberarmen fest, während ich herzklopfend gegen meine Verunsicherung ankämpfe.

„Ich weiß nicht, was Sie meinen, Herr Kronberg", verwirrt mich sein Handeln. „Habe ich mit der Wahl des Kleides einen Fehler gemacht?"

Er schmunzelt unerwartet und betrachtet mich über meine Schulter hinweg im Spiegel.

„Sie können unmöglich nicht ahnen, wie verflucht heiß Sie in diesem Stück Stoff aussehen", gibt er unverfroren zur Antwort und sorgt mit dieser Andeutung dafür, dass meine Ohren aufglühen. Doch statt wieder zurückzuschalten und seine schamlose Überschreitung der Grenzen zu stoppen, greift er mit beiden Händen in mein offenes Haar und nimmt meine langen, luftigen Wellen nach hinten, um einen freien Blick auf meinen Hals zu bekommen. „Und warum tragen Sie keinen Schmuck?", will er wissen und gibt sich verärgert.

„Ich besitze keinen, nur ein paar Ohrstecker vom Grabbeltisch."

„Habe ich Ihnen nicht aufgetragen, sich alles zu kaufen, was Sie für eine Komplettausstattung benötigen?", erinnert er mich an seine Worte.

„Ich dachte, Sie würden damit Kleidung meinen", hätte ich nicht vermutet, dass sich mein Einkaufsfreibrief auf weitere Luxusgüter bezog.

Kopfschüttelnd grinst er vor sich hin und scheint sich entschieden zu haben, sein ruppiges Verhalten gegen ein umgänglicheres auszutauschen.

„Frau Schöne, Sie sind ein Unikat auf diesem Globus", behauptet er und lässt mich los, um ein paar Schritte durch den Flur zu machen. Dabei begibt er sich zur Schwelle des Wohnzimmers und wirft einen interessierten Blick in den Raum, der von der Stehlampe neben dem Fernseher erhellt wird. Ich wende mich ihm zu und finde den Anblick meines perfekt gestylten Chefs in meiner preisgünstig eingerichteten 2-Zimmer-Wohnung seltsam. Das eine passt nicht zum anderen und doch haben beide Komponenten zusammengefunden. Trotzdem ist diese Disharmonie zweier unterschiedlicher Welten nicht zu übersehen.

„Obwohl Ihnen klar war, die Kreditkarte eines gut betuchten Mannes zu verwenden und dieser Ihnen sogar grenzenloses Shopping zugestand, zeigten Sie sich bescheiden. Warum haben Sie nicht auf den Putz gehauen, Nina, sind zügellos in die Geschäfte eingefallen?"

„Ich weiß nicht, was ich sagen soll, Herr Kronberg", erwidere ich und bin irritiert von seiner Frage. Er kann doch nicht ernsthaft gewollt haben, dass ich sein ohnehin bereits großzügiges Zugeständnis ausnutze.

„Erklären Sie mir, warum Sie sich nicht alles gekauft haben, wonach Ihnen gerade der Sinn stand", konkretisiert er seine Worte nur mäßig.

„Weil es bei unserem Gespräch um Kleidung ging und nicht darum, mich mit weiterem Schnickschnack einzudecken", werde ich langsam ungeduldig. „Hören Sie, Herr Kronberg, ich bin keine Frau, die viel Wert auf Schmuck oder anderen Firlefanz legt. Sie sehen ja selbst, dass ich nicht mal mit Modeschmuck aufwarten kann. Es tut mir leid, dass ich nicht daran gedacht habe, mir etwas zum Umhängen zu besorgen. Aber für gewöhnlich bewege ich mich in anderen Kreisen, wo es keine Rolle spielt, ob an mir etwas funkelt oder nicht."

Er grient erheitert und nickt wie ein Wackeldackel.

„Ja, Nina, Sie bewegen sich in anderen Kreisen", bestätigt er meine Worte und kränkt mich beinahe damit, denn aus seinem Mund klingen sie ein wenig überheblich. „Mir ist bekannt, was Sie in Ihrer Freizeit tun, und ich sehe, wie Sie leben: in einer – zugegeben hübsch eingerichteten – kleinen Wohnung in Hamburg Altona mit schlichtem Interieur. Und genau dieser Umstand wäre für viele Grund genug gewesen, diese Kreditkarte ...", er zeigt mit dem Finger auf sein Eigentum, das neben ihm auf der Anrichte liegt, „... gnadenlos zu benutzen. Sie jedoch übten sich in Zurückhaltung, obwohl ich Sie aufgefordert habe, maßlos zu sein. Das finde ich bemerkenswert." Statt seine Karte an sich zu nehmen und einzustecken, begibt er sich zurück zu mir und greift in die Innentasche seines Jacketts. „Aber Ihr ungewöhnliches Handeln überrascht mich nicht", macht er klar und zieht eine glitzernde Halskette hervor. „Darauf bin vorbereitet und habe Ihnen eine Kleinigkeit besorgen lassen." Als er vor mir steht, streift er lächelnd über mein Gesicht. „Was für ein zartes, tugendhaftes Geschöpf Sie doch sind", bemerkt er im sanften Ton. „Ihre Ehrlichkeit zeichnet Sie aus, Nina. Als ich Ihnen meine Kreditkarte gab, habe ich nicht eine Sekunde lang geglaubt, Sie würden verantwortungslos damit umgehen. Dass Sie sich keine passenden Accessoires zu Ihrer Kleidung kaufen würden, habe ich schon geahnt."

„So?", frage ich staunend und fühle mich von ihm analysiert. „Sie scheinen mich ja inzwischen besser einschätzen zu können als ich mich selbst."

„Ja, möglicherweise", gibt er zurück. „Und jetzt drehen Sie sich um, damit ich Ihnen das hier anlegen kann."

Ich zögere, denn ich habe Respekt vor dieser Kostbarkeit und der Tatsache, sie mir ausgerechnet von meinem Chef umbinden zu lassen.

„Sind Sie sicher?", erkundige ich mich vorsichtshalber noch mal, ob er auch Herr seiner Sinne ist. Immerhin wird dieses Schmuckstück ein Vermögen wert sein, denn ich bezweifle, dass die glänzenden Steine darin aus Glas gefertigt wurden.

„Nun machen Sie schon", fordert er mich auf, ihm den Rücken zuzukehren. „Oder soll ich etwa Gewalt anwenden?"

Ich drehe mich wieder zum Spiegel und hebe mein langes Haar an. Als seine großen, warmen Hände meine Haut berühren und am Verschluss der Kette rumnesteln, vergesse ich das Luftholen. Sein Atem trifft meinen Nacken und diese befremdliche Nähe, die er inzwischen immer öfter provoziert, ist für mich verwirrend. Er ist mein Chef, dessen Leben und gesellschaftlicher Status sich so sehr von meinem unterscheidet, dass allein seine bloße Gegenwart einem fehlerhaften Gefüge im Universum gleicht.

Als er fertig ist, lasse ich meine Locken fallen und begutachte im Spiegel die Diamanten um meinen Hals – wie sich das Licht in den hochwertigen Steinen bricht. Dass ich jemals etwas so Kostbares an mir sehen würde, hätte ich nie vermutet.

„Das ist wunderschön", sage ich schwer beeindruckt.

„Nein", widerspricht er und legt seine Hände auf meinen Schultern ab. „Diese Kette verblasst an Ihnen als wäre sie nichts."

Ich wechsle meinen Blick vom Schmuck in sein Gesicht. Er steht wie festgewachsen hinter mir und sieht mir im Spiegel ebenfalls in die Augen, während er keine Anstalten macht, mich loszulassen. Diese plötzliche Stille zwischen uns bereitet mir Unbehagen. Ich suche in meinem Kopf nach einem Gesprächsthema, aber mir fällt nichts ein. Seine Berührung und dass er mir weiterhin so nahe steht, blockiert die Arbeit meiner Gehirnzellen. Er hingegen wirkt alles andere als nervös. Offenbar stört er sich nicht an unserem Schweigen und lässt seine Gedanken schweifen. Dabei ruht sein Blick auf mir, als gäbe es nichts anderes in dieser Wohnung zu betrachten.

Sein Telefon reißt ihn aus der Lethargie und erlöst mich aus dieser fragwürdigen Situation. Ich bin dankbar, als er sich abwendet, um das Handy hervorzuziehen und einen Anruf entgegenzunehmen.

„Ja?", meldet er sich im geschäftlichen Ton. „Ich hab jetzt keine Zeit. Können wir das ein anderes Mal klären?", ist er sichtlich genervt. „Hör zu, Caro, das ist gerade ein wirklich schlechter Zeitpunkt."

Caro will offensichtlich nicht verstehen und spricht einfach weiter. Obwohl er sich das Smartphone ans Ohr hält und sich weggedreht hat, kann ich eine weibliche Stimme auf ihn einreden hören. Der Ton ist laut genug eingestellt. Das Thema des Gesprächs bleibt mir allerdings verschlossen.

„Mir ist schon klar, dass es darum geht, Caro. Es ging dir nie um etwas anderes." Er stützt sich mit gestrecktem Arm am Türrahmen der Küche ab und sieht nach unten. „Bist du jetzt fertig?", fragt er Caro gestresst. „Gut, dann bis morgen."

Ich höre, wie er tief Luft holt und das Handy ausstellt. Er gibt sich noch einen Moment, bevor er sich mir wieder zuwendet – steckt zuerst sein Smartphone weg und reibt sich nachdenkend durchs Gesicht.

„Also schön", sagt er Richtung Küche und atmet erneut schwer durch. Kurz darauf dreht er sich um und schaut auf seine Uhr. „Dann wollen wir mal", verfügt er und blickt mich auffordernd an.

„Ich bin fertig", erwidere ich nur und greife mir meine Schlüssel. Zu seinem aufwühlenden Telefonat erspare ich mir jeglichen Kommentar. Es ist seine Privatsache und geht mich nichts an.

6

Als wir in seinem Wagen sitzen, dessen Ledersitze kalt und ungemütlich sind, staune ich über die Technik im Cockpit. Das wäre mir zu kompliziert. Mir reicht ein Fahrzeug, das mich von A nach B bringt. Alles andere ist unnötiger Luxus.

Während der Fahrt blicke ich stumm aus dem Fenster und merke erst nicht, wie mich Herr Kronberg ansieht, als wir an einer roten Ampel zum Stehen kommen.

„Sie haben keinen Ton gesagt, seitdem wir im Auto sitzen", erinnert er mich daran, eine Stimme zu haben.

„Tut mir leid", erwidere ich und wende mich ihm zu. „Ich wollte nicht unhöflich sein."

„Hat Sie mein Telefonat in Ihrer Wohnung zum Nachdenken gebracht?", fragt er überraschend.

„Nein, keineswegs", bin ich verwundert über diese Frage. „Das ist Ihre Sache, Herr Kronberg."

„Ja, das mag sein", gibt er zurück und fährt wieder an. „Aber ich habe ein Gespräch geführt, das nicht für Ihre Ohren bestimmt war und vielleicht verstörend auf Sie gewirkt hat."

„Ich bin nicht verstört", mache ich ihm klar. „Ich bin nervös. Immerhin muss ich gleich Fabrice Bellamy die Hand schütteln."

Herr Kronberg lacht erlöst, als wäre er von einer Last befreit.

„Nina, Sie sind eine wirklich ungewöhnlich liebenswerte Persönlichkeit. Statt neugierige Fragen zu meinem Telefonat zu stellen – was übrigens jede andere Frau getan hätte – nehmen Sie sich diskret zurück und geben mir Zeit, die Sache zu verarbeiten. Dabei wird Ihnen mit Sicherheit klar sein, worum es bei diesem Gespräch ging."

„Schon möglich", erwidere ich wortkarg und drehe meine Daumen umeinander.

Als wir an der nächsten roten Ampel halten, wirft er einen kontrollierenden Blick zu mir herüber.

„Sie sind tatsächlich nervös", stellt er belustigt fest. „Das brauchen Sie nicht. Ich bin ja bei Ihnen."

Er legt seine Hand auf meinen Arm, um mich zu beruhigen. Doch diese Maßnahme lässt meinen Puls noch schneller werden. Zum Glück wechselt die Ampel auf Grün, sodass er gezwungen ist, mich loszulassen, um den Gang einzulegen.

„Es ist bemerkenswert, wie viele unterschiedliche Facetten in Ihnen stecken", hat er seine Analyse meiner Person anscheinend längst nicht abgeschlossen. Weshalb er allerdings dieses Interesse an mir zeigt, ist mir unklar. Denn in seinen Augen bin ich gewiss bloß ein mittelloses Aschenputtel, das in seiner Luxuswelt wie ein einfaches Bauernmädchen wirken muss. „Sie können sich durchsetzen, Frau Schöne, zeigen sich souverän und wortgewandt. Wenn Sie von etwas überzeugt sind, kämpfen Sie wie eine Löwin. Sie engagieren sich für Ihre Mitmenschen und gehen dabei zielstrebig vor. Gerade erst haben Sie im Fernsehen ein Interview gegeben, um mehr Aufmerksamkeit für das Café zu gewinnen. Gleichzeitig jedoch sind Sie wie ein ängstliches Häschen, dem es an Zutrauen zu sich selbst fehlt."

Ich erwidere nichts und überlege, wie gut er mich nach kurzer Zeit einzuschätzen vermag. Er muss einen geübten Blick für Menschen haben, ihre Stärken und Schwächen im Nu erkennen. Ich selbst tue mich schwerer damit, charakterliche Eigenschaften anderer aufzuspüren. Für mich sind per se erst mal alle Leute gleich. Dann suche ich das Gute in ihnen und wenn ich es gefunden habe, bin ich zufrieden. Wie die Person tickt, ist nicht relevant für mich, solange sie mir nicht auf die Füße tritt.

„Fabrice Bellamy ist auch nur ein fehlerbehafteter Mensch wie wir alle", bemüht er sich, mir die Aufregung zu nehmen. „Ein Aufeinandertreffen mit ihm dürfte nicht anders sein als einer Journalistin zu begegnen, die einem ein Mikrofon unter die Nase hält."

„Für Sie vielleicht", habe ich meine Stimme wiedergefunden, um ihm die Sache zu erklären. „Wenn Sie eine Ahnung hätten, welche Überwindung mich solche Termine kosten, würden Sie nicht so locker daherreden."

„Frau Schöne", ist er verblüfft über meinen entglittenen Ton, „das ist kein Grund, mir eine Ohrfeige zu verpassen."

„Habe ich das denn?", frage ich kleinlaut und schäme mich gleichzeitig für meine Respektlosigkeit. „Bitte entschuldigen Sie meine Entgleisung. Das muss an meiner inneren Unruhe liegen."

„Schon gut", hat er die kurze Missstimmung zwischen uns bereits abgehakt. „Ich verstehe das."

„Nein, Herr Kronberg", widerspreche ich ihm und umkralle meine Handtasche. „Das können Sie nicht nachvollziehen. Sie sind ein versierter Geschäftsmann, der es gewohnt ist, sich mit Personen zu umgeben, die Rang und Namen haben. Ich dagegen führe ein Leben im Verborgenen und wenn ich mich mal aus der Deckung wage, benötige ich eine Menge Energie, um mich einer neuen Situation zu stellen."

„Sie werden sich gut schlagen, davon bin ich überzeugt", ist er sicher. „Ich habe Sie schon in Aktion erlebt. Ich weiß, dass Sie auch anders können."

Er schmunzelt vor sich hin, als er auf den Hotelparkplatz abbiegt.

„Ich wünschte, meine Eltern hätten ebenfalls so viel Vertrauen wie Sie in mich gesetzt. Womöglich wäre aus mir eine knallharte Managerin geworden."

Herr Kronberg stellt den Wagen auf einer freien Parkfläche direkt neben dem Eingang ab und biegt seinen Oberkörper in meine Richtung.

„Sie sind sich nicht grün mit Ihren Eltern?", erkundigt er sich aufhorchend und heftet seinen Blick auf mich.

„Nein, bin ich nicht", antworte ich und ärgere mich, damit angefangen zu haben.

„Und haben Sie Kontakt?", bohrt er weiter in einer Wunde, deren Ausmaße ihm nicht bekannt sein können. Trotzdem nehme ich ihm diese Fragerei übel.

„Nein", erwidere ich deshalb kurz und knapp.

„Aha", bemerkt er wissend, als hätte er gerade die Quadratur des Kreises gelöst. „Ich habe Ihre Achillesferse gefunden."

Ich kommentiere seine Aussage nicht und starre durch die Frontscheibe gegen die Hauswand.

„Hören Sie, Nina, ich will nicht zu weit vordringen. Offenbar ist da was schiefgelaufen in Ihrer Familie. Aber vertrauen Sie mir einfach, wenn ich Ihnen versichere, dass Sie mehr Selbstsicherheit ausstrahlen als Sie denken."

Ich blinzle mit den Augen, um meine Tränen zurückzuhalten.

„Danke", entgegne ich beinahe im Flüsterton und belasse es dabei. Zu diesem Thema muss nichts mehr gesagt werden. Meine Eltern leben ihr Leben und ich meines – Ende!

Gemeinsam betreten wir das Bonbach Hotel. Durch den Haupteingang laufe ich heute das erste

Mal. Sven fängt mich üblicherweise am Lieferanteneingang ab. Aber an diesem Abend ist alles anders und ein wenig fühle ich mich wie eine Prinzessin.

„Nina, bist du's?", fragt mich Lena über den Empfangstresen hinweg, als wir an ihr vorbeigehen.

„Ja, keine Angst", beruhige ich sie. „So sehe ich nur aus, wenn ich in geheimer Mission unterwegs bin."

„Scherzkeks", erwidert sie. „Du siehst wow aus!"

Ich werfe ihr von Weitem einen Luftkuss zu und passe mich wieder dem Schritt meines Chefs an.

„So ... geheime Mission, nennen Sie unser Meeting also", gibt er sich humorlos. „An Ihre neue Erscheinung werden sich Ihre Freunde gewöhnen müssen, Frau Schöne. Denn ich habe nicht vor, es bei einem gemeinsamen Geschäftstermin zu belassen. Stehen Sie dazu oder Sie werden Probleme mit mir bekommen."

Gerade will ich zu einem pikierten Protest ansetzen und hole kräftig Luft, als Dr. Wittig wie aus dem Nichts in mein Blickfeld gerät.

„Mein Gott, Frau Schöne!", ruft er aus und bleibt direkt vor uns stehen. „Sie sehen umwerfend aus."

„Oh, Dr. Wittig", ist es mir unangenehm, dass er mich so aufgebrezelt sieht, „was für ein Zufall."

Ich wende mich meinem Chef zu und binde ihn ins Gespräch ein. „Darf ich Ihnen Dr. Wittig vorstellen? Er ist unser Zahnarzt im Café Nächstenliebe. Einmal im Monat behandelt er unsere Obdachlosen kostenlos."

Mein Boss reicht ihm die Hand und wirkt beeindruckt.

„Das finde ich außerordentlich großzügig von Ihnen."

„Na ja, wenn man einmal mit diesem schwierigen Leben auf der Straße konfrontiert wurde, will man schlichtweg nur noch helfen."

„Herr Kronberg überlegt ebenfalls, uns seine Hilfe zukommen zu lassen", kann ich mich nicht bremsen und dränge ihn mit dieser Aussage an die Wand.

„Kronberg?", überlegt Dr. Wittig. „Ist das nicht die Firma, für die Sie arbeiten, Frau Schöne?"

„Ja, richtig", bestätige ich seine Vermutung.

„Dann sind Sie der Chef unserer charmanten Frau Schöne?"

„Das bin ich", gibt er mit einem aufgesetzten Lächeln zurück. Seine Verärgerung über mich erkenne ich genau, doch er lässt sich nichts anmerken und spielt seine Rolle.

„Sie sollten Frau Schöne in der Akquise einsetzen, Herr Kronberg", rät ihm Dr. Wittig. „Nach und nach hat sie einen ganzen Stab von Helfern und Spendern fürs Café gewinnen können. Zwei

Zahnärzte, einen Internisten und eine Allgemein-ärztin, eine Friseurin und allerhand weitere Personen aus verschiedensten Berufsgruppen, die ihre Leistungen unentgeltlich zur Verfügung stellen." Herr Kronberg nickt anerkennend, sagt aber nichts dazu. „Am Anfang war ich nicht wirklich erbaut davon, in meiner Freizeit fürs Café zu arbeiten. Aber Frau Schöne kann erstaunlich überzeugend sein."

„Ja", entgegnet Herr Kronberg etwas verkniffen, „das ist mir auch schon aufgefallen."

Ich spüre, wie sich seine Emotionen aufzustauen beginnen. Deshalb entscheide ich, den Smalltalk zu beenden.

„Bitte entschuldigen Sie, Dr. Wittig, aber wir haben gleich einen Termin."

„Oh, natürlich", lässt er sich nicht lange bitten. „Dann sehen wir uns kommende Woche im Café, Frau Schöne?"

„Ja, ich werde da sein."

„Hat mich gefreut, Sie kennenzulernen, Herr Kronberg."

„Ganz meinerseits", gibt er zurück und beabsichtigt, unseren Gang durch den Flur fortzusetzen. Doch nach wenigen Schritten stoppe ich ihn und stelle mich ihm in den Weg.

„Es tut mir leid, dass ich Dr. Wittig erzählt habe, Sie würden fürs Café spenden wollen. Ich hatte nicht vor, Sie zu nötigen."

„Darüber reden wir später", zeigt er sich kurz angebunden und will weitergehen, aber ich lasse es nicht zu.

„Sind Sie mir deswegen böse?", frage ich betreten.

„Nicht jetzt, Frau Schöne", wiegelt er ab und lässt mich auflaufen. „Wir haben eine wichtige Besprechung. Denken Sie denn, da schere ich mich um Kinderkram?"

Erschüttert über seine eisige Abfuhr falle ich in mich zusammen.

„Wow!", entfährt es mir. „Na wenigstens haben Sie gerade mit Ihrer kalten Dusche dafür gesorgt, dass meine Aufregung wie weggeblasen ist."

„Na fein", erwidert er grimmig. „Dann können wir ja weitergehen."

Ich starre ihm in seine funkensprühenden Augen und frage mich, was ihn so erzürnt hat. Nichts von dem, was ich in den letzten zehn Minuten gesagt oder getan habe, rechtfertigt eine solch unterkühlte Reaktion.

„Natürlich können wir das", gebe ich tonlos zurück und schlucke meine Enttäuschung über ihn runter.

Er nickt, ohne eine Miene zu verziehen, und biegt Richtung Konferenzraum 5 ab. Bedrückt gehe ich ihm hinterher und fühle mich ungerecht behandelt. Am liebsten würde ich mich verkrümeln und ihn doof zurücklassen. Leider bin ich eine übermäßig verantwortungsbewusste Person, die zu einer derartigen Handlungsweise nicht fähig ist. Dabei hätte er es verdient.

„Oh, très bien, dass ich Sie hier noch abfangen kann, Monsieur Kronberg", erschallt eine feminin klingende männliche Stimme mit französischem Akzent hinter uns. „Ich würde mich freuen, wenn wir unser Gespräch in der Bar führen könnten. Ich liebe die ungezwungene Atmosphäre."

Fabrice Bellamy tänzelt eilig auf uns zu mit einer Schar Begleitern im Schlepptau.

„Selbstverständlich", geht Herr Kronberg direkt auf seine Bitte ein.

Noch im Flur reichen sie sich die Hände und tauschen ein paar Höflichkeiten aus, bis mein Chef mich vorstellt.

„Ich möchte Sie gerne mit Frau Schöne bekannt machen, Monsieur Bellamy. Sie ist heute dabei, um mir ein wenig über die Schulter zu schauen."

Aha, ich bekomme also die Rolle eines Azubis zugesprochen. Als charmante Begleitung bin ich offenbar abgeschrieben.

„Mon dieu, was für ein Schmetterling!", ist er von meiner Erscheinung angetan.

Ich strecke ihm meine Hand entgegen, doch er beachtet sie nicht und nimmt mich stattdessen in die Arme. Ich erwidere seine Umarmung nur zögerlich – zu verdutzt bin ich von seiner Herzlichkeit.

„Bonsoir, Monsieur Bellamy", spreche ich ihn auf Französisch an. „Enchantée de vous rencontrer personnellement. Je suis une fan de votre collection", behaupte ich, seine Mode zu mögen, obwohl Klamotten für mich eine untergeordnete Rolle spielen.

„Vous me surprenez, Madame Schöne. Êtes-vous une petite française?", fragt er mich, ob ich eine Landsmännin bin.

„Oh, j'adore la France", gebe ich ihm zu verstehen, dass mir was an seinem Land liegt. „Mais je suis allemande de naissance."

„Ma chère Madame Schöne, vous parlez absolument sans accent", macht er mir ein Kompliment über meine gute Aussprache.

„Merci beaucoup, cela me fait très plaisir", bedanke ich mich höflich und lächle verlegen.

„Monsieur Kronberg, sollten Sie diese belle demoiselle mal entbehren können, buche ich sie gerne als Model für den Laufsteg."

Mein Boss schmunzelt und wirkt geringfügig irritiert. Habe ich mich erneut falsch verhalten – die Etikette nicht beachtet? Welche auch immer es hätte sein sollen.

„Jederzeit, Monsieur Bellamy", gesteht ihm mein Chef zu, mich mal auszuleihen. „Solange Sie sie mir nicht dauerhaft abwerben."

Die Männer lachen, während ich mir vorkomme wie Hehlerware, die man zu einem guten Preis erwerben kann.

Kaum sitzen wir in der Bar in gemütlichen Loungesesseln, bestellt sich Monsieur Bellamy einen Cocktail. Herr Kronberg gönnt sich ein Glas Wein und ich gebe mich mit einem Mineralwasser zufrieden. Seinen Gefolgsstab hat der Designer von der Leine gelassen, somit sind wir eine nette Dreierrunde.

„Monsieur Kronberg, hätte ich gewusst, dass Sie heute mit dieser hübschen Sternschnuppe erscheinen, hätte ich mir mehr Zeit genommen", schmeichelt er mir weiter. „Leider geht mein Flieger in Kürze und ich muss gestehen, ich habe bereits dem Modehaus Klingbach meine Zusage für die Frühlings- und Sommerkollektion gegeben."

Ich versteife mich, als ich das vernehme. Diesen Namen wollte ich niemals mehr hören! Ich verbinde alles Schlechte mit der Firma Klingbach und deren Inhabern. Meine gesamte Vergangenheit rauscht plötzlich an mir vorbei – Erinnerungen, die ich glaubte, längst abgestreift zu haben. Alles kommt wieder hervor – in diesem einen Moment. Mein Herz trommelt immer schneller in meiner Brust und Adrenalin strömt in jeden Winkel meines Körpers.

„Das ist kein Problem, Monsieur Bellamy", dringen die Worte meines Chefs von weit her an mein Ohr. „Wir würden uns freuen, wenn Sie für uns eine Herbst- und Winterkollektion fertigen."

„Mit Vergnügen", scheinen sich die beiden recht schnell einig zu sein.

„Nein!", entfährt es mir augenblicklich und torpediere mit meinem Aufschrei die Verhandlung. „Sie dürfen nicht für Klingbach arbeiten, Monsieur Bellamy! Das ist falsch!"

Meinem Boss entgleiten die Gesichtszüge und sein Gegenüber sieht mich mit aufgerissenen Augen an.

„Sie sollten etwas frische Luft schnappen, Frau Schöne", verlangt mein Chef und wirft mir einen warnenden Blick zu.

„Non, non, non, Monsieur Kronberg", geht Fabrice Bellamy dazwischen. „Lassen Sie mich hören, was Ihre Mitarbeiterin zu sagen hat."

„Die Firma Klingbach beutet ihre Angestellten aus. Sie werden gegängelt, schlecht bezahlt und über den Tisch gezogen", kläre ich den Star-Designer auf. „Dort herrschen Stasi-Methoden! Ich rede hier von heimlicher Videoüberwachung und Beschattungen. Wer sich nicht an die überzogenen Richtlinien der Firma hält, wird gefeuert. Die Leute werden mundtot gemacht mit ungerechtfertigten Abmahnungen und wer aufmuckt, wird unter Druck gesetzt. Sie machen sich mitschuldig, wenn Sie für solch einen Konzern arbeiten, Monsieur Bellamy!"

„Ich hatte ja keine Ahnung", ist er tief bewegt. „Wie kommen Sie zu Ihren Informationen, Madame Schöne? Haben Sie für die Firma Klingbach gearbeitet?"

„Nein, das habe ich nicht", entgegne ich und werfe damit mehr Fragen als Antworten auf.

„Aber Sie können mir vertrauen, Monsieur, es ist die Wahrheit."

„Ist Ihnen eigentlich klar, was dies für Anschuldigungen sind?", klinkt sich mein Chef in das Gespräch ein. „Woher wollen Sie das so genau wissen, wenn Sie nicht mal dort tätig waren?"

Ich kann den brodelnden Vulkan in ihm erkennen – wie er sich bemüht, einen Ausbruch zu verhindern. Aber was er jetzt auch von mir denken mag – es ist mir egal! Hier geht es nicht mehr um ihn oder den Auftrag. Es geht um mich!

„Ich weiß, was ich weiß! Mehr kann ich dazu nicht sagen."

„Pardon, Monsieur Kronberg, s'il vous plaît, rügen Sie Ihre Mitarbeiterin nicht. Sie hat mir einen großen Dienst erwiesen. Selbst wenn diese Vorkommnisse nur ein Gerücht sind, von denen uns Madame Schöne berichtet, wäre eine Zusammenarbeit mit diesem Unternehmen schädlich für mich. Ich habe einen Ruf zu verlieren", macht er klar, sich entschieden zu haben. „Aufgrund dieser Umstände möchte ich Ihnen anbieten, Kollektionen für ein ganzes Jahr eigens für Sie zu fertigen."

7

Ich steige stumm mit meinem Boss ins Auto und fühle mich unwohl. Mir ist klar, dass er mich gleich auseinandernehmen wird, denn offenbar ist nichts so gelaufen wie erhofft. Erst scheine ich mich beim kurzen Schwatz mit Lena falsch ausgedrückt zu haben, und im Gespräch mit Dr. Wittig leistete ich mir den nächsten Fauxpas. Zu guter Letzt habe ich mir erlaubt, die Verhandlungen mit Monsieur Bellamy zu sprengen. Besser hätte es nicht laufen können.

Kaum ist der Wagen gestartet, setzt Herr Kronberg rasant zurück, um kurz darauf in den ersten Gang zu schalten und vom Parkplatz zu brausen. Doch er lenkt das Fahrzeug nicht Richtung Altona – plant offensichtlich nicht, mich nach Hause zu bringen. Nein, die Fahrt führt zur Autobahn über die Elbbrücken – raus aus der Stadt.

Ich warte darauf, dass er mir sein Handeln erklärt oder mir endlich die Leviten liest. Aber er denkt nicht daran und schweigt beharrlich.

„Sagen Sie mir, wohin Sie mich entführen", verlange ich zu erfahren und werde zunehmend nervöser. Statt mir zu antworten, setzt er den Blinker und fährt an der Ausfahrt „Hittfeld" ab. Von hier aus geht es noch gute zehn Minuten weiter, bis wir ein uneinsehbares Grundstück erreichen, auf das er zufährt. Mit einer Fernbedienung, die er aus der Mittelkonsole hervorzieht, öffnet er das wuchtige Tor. Langsam gleitet das zweiflüglige Schmiedeeisentor auf und gibt den Weg frei.

Meine Hände beginnen zu zittern, mein Blut schießt nur so durch meine Adern. Was hat das alles zu bedeuten? Will er mich jetzt matern und meine Leiche unauffällig im dunklen Garten verschwinden lassen?

„Wo sind wir hier?", frage ich ängstlich, als wir in eine Garage einfahren.

„An einem Ort, an dem wir genügend Zeit und Ruhe zum Reden finden", antwortet er wenig informativ.

Er schaltet den Motor aus und wendet sich mir zu.

„Kommen Sie, Frau Schöne. Wir haben einiges zu besprechen."

„Beabsichtigen Sie nun, mich einen Kopf kürzer zu machen?", frage ich betreten und möchte mich am liebsten zum Nordpol beamen.

Seine grimmigen Gesichtszüge werden weicher und machen mir Mut, nicht wie ein Döner aufgespießt zu werden. Vielleicht habe ich Glück und werde bloß gefoltert. Somit kann ich hoffen, mit einem blauen Auge davonzukommen und lediglich meinen Job statt mein Leben zu verlieren.

„Lassen Sie uns einfach ins Haus gehen, okay?", erwidert er und hat nicht vor, mir seine Pläne zu verraten.

„Und dann?", versuche ich erneut, ihm Informationen zu entlocken.

„Dann reden wir."

Er steigt aus dem Fahrzeug und lässt die Tür zufallen. Unsicher über den weiteren Verlauf, tue ich das Gleiche. Es hat keinen Zweck, ich muss mich der Situation stellen. Ich habe Mist gebaut, und dazu muss ich stehen.

Als er mich ins Wohnzimmer führt, fehlt mir der Blick für die moderne Einrichtung oder die opulenten Dekorationsstücke. Nichts in diesem Haus wirkt bescheiden, jedes Detail: der Granitboden, die teure Auslegeware oder die Möbel und Lampen scheinen Extraanfertigungen zu sein. Doch ich gebe mich dem Anblick nicht hin. Er erinnert mich zu sehr an eine vergangene Zeit, die ich vergessen wollte und welche sich mit Macht zurück an die Oberfläche kämpft. Wäre ich Herrn Kronberg doch niemals begegnet!

Mein Chef kommt mit zwei Gläsern und einer großen Flasche Mineralwasser aus der Küche und stellt alles auf den Couchtisch.

„Setzen wir uns", sagt er und zeigt mit der Hand zum Sofa. Dabei möchte ich viel lieber am anderen Ende des Raumes Platz nehmen. Mit ihm auf derselben Sitzgelegenheit heißt auch, von keiner Schutzzone zu profitieren. Falls er ein Beil hervorholt, bleibt kaum Gelegenheit auszuweichen. Trotzdem bin ich folgsam und lasse mich auf der durchaus gemütlichen Couch nieder.

Als er neben mir sitzt, befüllt er unsere Gläser und reicht mir meines. Zaghaft nehme ich es entgegen und nippe daran, um danach meine Hände darum zu legen.

„Ich habe über Ihre Sprachkenntnisse gestaunt", ist er anscheinend gewillt, unser Gespräch sachte zu beginnen. „Weshalb können Sie sich so gut auf Französisch verständigen?"

Ich räuspere mich, wie ich es häufig tue, wenn ich von innerer Unruhe befallen bin.

„Ich habe ein Jahr in Frankreich verbracht", antworte ich angespannt. „Zudem war ich auf einer Sprachschule."

„Tatsächlich?", gibt er sich beeindruckt. „ Wie viele Fremdsprachen beherrschen Sie denn?"

„Drei", stelle ich mich seinen Fragen, als wäre ich an einen Lügendetektor angeschlossen.

„Und warum haben Sie beruflich nichts daraus gemacht?", geht die Bohrerei weiter.

„Weil ich etwas Kreatives machen wollte."

„Aus Ihrer Personalakte geht hervor, dass Sie das Abitur gemacht haben, Frau Schöne", lässt er durchblicken, gut informiert zu sein. „Mit Ihren Sprachkenntnissen hätten sich ganz andere Möglichkeiten für Sie ergeben. Sie wären bis heute viel weiter gekommen."

Gedanklich rolle ich mit den Augen. Ähnliche Worte musste ich mir von meinen sogenannten Eltern anhören, die von meiner Berufswahl angewidert waren.

„Wollen Sie jetzt wirklich darüber mit mir reden, Herr Kronberg?", schießt meine Anspannung mit Wucht an die Oberfläche. Ich stelle das Glas ab und erhebe mich vom Sofa. „Sie haben mich hergebracht, um mir meine Verfehlungen aufzuzählen und mich dafür zu tadeln. Also fangen Sie doch endlich damit an!"

Ich gehe wie ein Löwe im Käfig umher und bin bemüht, das Ventil, das sich gerade geöffnet hat, zu schließen.

Entgeistert sieht er mich an, hält sich aber mit einer Gegenreaktion zurück.

„Mein früheres Leben war kompliziert, Herr Kronberg", fahre ich fort. „Ich hatte meine Gründe, diesen Weg einzuschlagen. Und Sie können mir glauben, es war der richtige. Das, was ich mache, gibt mir Kraft. Die Arbeit bei Ihnen und meine Aufgabe im Café. Ich will nichts daran ändern."

Wie ein angeschossenes Wildtier stütze ich mich mit beiden Händen am runden Esstisch ab. Meine aufgestauten Emotionen haben die Oberhand gewonnen und verwandeln einen harmlos begonnenen Dialog jeden Moment in ein tobendes Unwetter.

„Und warum sind Sie diesen Weg gegangen?", lässt er das Thema nicht ruhen. Er steht auf und bewegt sich auf mich zu. Doch er wahrt Abstand zwischen uns, lehnt sich an einen der Stühle. „Hat es etwas mit der Firma Klingbach zu tun?"

Ich antworte nicht, spüre, wie mir die Beine zu zittern beginnen.

„Verdammt, Frau Schöne!", hat er sich entschlossen, den Ton seiner Stimme anzuheben. „Ich verlange von Ihnen eine Erklärung, weshalb Sie Monsieur Bellamy diese Geschichte erzählt haben! Wenn das die Runde macht, verklagt mich der Konzern noch wegen Verleumdung! Können Sie sich vorstellen, was dies für die Firma Kronberg bedeutet?"

Ich richte mich auf und straffe die Schultern.

„Das wird er nicht, denn es gibt genügend Zeugen, die das bestätigen können – mich eingeschlossen." Ich gehe zur Anrichte, auf der eine seltsam geformte Skulptur steht, dessen Aussagekraft sich mir verschließt. Meine Fingerkuppen gleiten über das kalte marmorartige Material. „Mir liegen Beweise vor sowie weiteres belastendes Material über die korrupten Machenschaften der Inhaber. Sie liegen bei einem Anwalt unter Verschluss."

Ich höre, wie er tief durchatmet und sich sammeln muss – wie sehr ihn meine Information umhaut.

„Und werden Sie mir das erklären?", fragt er alarmiert.

„Nein", antworte ich und wende mich ihm zu. Tränen rollen über mein Gesicht und offenbaren, wie verletzlich mich dieses Gespräch gemacht hat, welche Tragweite es haben könnte, dieses Thema nicht augenblicklich abzuschließen.

„Mein Gott, Nina, was haben Ihnen diese Menschen angetan, dass Sie zu solchen Mitteln greifen?", ist er sichtlich betroffen.

„Ich möchte nicht darüber reden", sage ich und wische mir die Wangen trocken.

„Finden Sie nicht, dass Sie mir eine Antwort schuldig sind nach Ihrem ungewöhnlichen Verhalten im Hotel?", drängt er mich zu einer Erklärung.

„Alles, was für Sie bedeutend ist, habe ich Ihnen gesagt."

„Nein, verflucht noch mal, das haben Sie nicht, Nina!", hat er den Akustikregler wieder höher gedreht. „Was für mich bedeutend ist, scheint Ihnen längst noch nicht aufgefallen zu sein!"

„Hören Sie auf, in diesem Ton mit mir zu reden!", versuche ich, seine überlaute Stimme abzuwehren. „Ich will nach Hause – jetzt!" Ich kann meine überschäumenden Gefühle nicht mehr kontrollieren. Mit einer gewaltigen Eruption brechen alle Dämme und die Tränen fließen in Strömen. „Sie stochern in meiner Vergangenheit herum. Das dürfen Sie nicht! Sie wissen ja gar nicht, was Sie damit auslösen."

Er schießt wie ein Pfeil auf mich zu, um mich an sich zu ziehen und seine Arme fest um mich zu legen.

„Schschsch … ist ja gut", sagt er und streicht mir zärtlich über den Rücken.

„Bitte bringen Sie mich zurück nach Hamburg", flehe ich ihn an.

„Das werde ich nicht, Nina", ist er nicht bereit, mich freizugeben. „Erst beruhigen Sie sich. Sie sind ja völlig aufgelöst."

„Sie verstehen das nicht", spreche ich ihm den nötigen Verstand ab und weine ihm die Krawatte voll. „Alles ist plötzlich wieder da."

„Dann helfen Sie mir, es zu verstehen", ist er sich nicht im Klaren, was er von mir verlangt. Ich drücke ihn von mir weg und sehe ihn mit feuchten Augen an.

„Wären Sie nicht mit aller Macht in mein Leben eingedrungen, müsste ich nicht erneut damit beginnen, die Bilder meiner Kindheit abzustreifen. Ich war zufrieden, nichts erinnerte mich mehr an das Martyrium. Sie sind schuld!", werfe ich ihm vor und gehe Richtung Ausgang.

Doch er folgt mir und reißt mich verärgert am Arm zurück. Mit Schwung pralle ich gegen seinen Oberkörper und kann nicht verhindern, dass er seine Tentakel um mich schlingt.

„So nicht, Nina!", deutet er an, meine Gefangenschaft aufrechtzuerhalten. „Erst werden Sie mir alles erzählen – jedes noch so kleine Detail."

„Nein", ist mein Widerstand längst nicht gebrochen. Trotzdem ergebe ich mich seiner festen Umarmung, mit der er meine kopflose Flucht verhindern möchte. Erschöpft entspanne ich meine Muskeln und lehne meinen Kopf an seine Brust. Ich fühle mich komplett erschlagen von unserem Wortgefecht und meiner Traurigkeit. Mir wird klar, wie sehr ich jemanden brauche, dem ich mich anvertrauen und auf den ich meinen Ballast abwerfen kann. Aber mein Boss scheint mir nicht die richtige Adresse dafür zu sein. Dennoch verlangt ausgerechnet er, dass ich mich ihm öffne.

„Herrgott noch mal, Nina", sagt er beinahe resignierend, „vergessen Sie, dass ich Ihr Chef bin. Sehen Sie doch einfach einen Freund in mir."

Ich schließe meine Augen und genieße die Wärme, die von ihm ausgeht.

„Das kann ich nicht", erwidere ich zu seiner Enttäuschung, lasse aber gleichzeitig meine Arme um seine Hüften gleiten, um mich enger an ihn zu schmiegen.

Er registriert mein Handeln und drückt mich kraftvoller an sich.

„Nina, geben Sie mir eine Chance", flüstert er mir zu, während sich sein Herzschlag verdoppelt.

Erst jetzt wird mir bewusst, wie sehr ihn meine unplanmäßige Erwiderung seiner Umarmung aufwühlt. Doch ich bleibe in dieser Position, lasse die ungewohnte Nähe zu. Ich fühle mich plötzlich schutzlos und wünschte, er könnte seine Flügel über mich ausbreiten und mich vor allem Bösen bewahren. Ich war immer alleine, habe mit keiner Menschenseele über meine Vergangenheit gesprochen. Was ich auch tat, um mich aus meiner früheren Hölle herauszukämpfen – ich war auf mich gestellt. Da gab es niemanden, der mir Mut machte und mich an die Hand nahm. Aus mir wurde eine Kämpferin und gleichzeitig eine verunsicherte, zerbrochene Seele, die sich mit viel Mühe und Energie ein eigenes Leben aufbaute – eines, das genügend Raum bot, sich für hilfesuchende Menschen stark zu machen. Was mir selber nie zuteilwurde, schenke ich nun anderen: Geborgenheit.

Ich bleibe stumm und sage nichts auf seine letzte Bemerkung, stattdessen frage ich mich, warum ich mich zu ihm hingezogen fühle. Er ist die pure Verkörperung dessen, woran ich mich niemals mehr erinnern wollte. Ich sollte ihn wegstoßen, mich nicht mit ihm abgeben. Doch meine Gefühle sind verwirrt, sodass in mir die seltsame Hoffnung aufkeimt, meinem Retter gegenüberzustehen.

Ich löse mich ein wenig von ihm, um ihn ansehen zu können. Mir sollte klar werden, es mit meinem konservativen Chef zu tun zu haben, und nicht mit einem überaus attraktiven Mann, dessen Umarmung mich unerwartet schwach werden lässt. Ich habe nicht geplant, ihm näherzukommen. Aber meine Gefühlswelt ist völlig durcheinandergeraten und auf einmal sehne ich mich danach, von ihm geküsst zu werden – von einem Fremden, der nichts über mich weiß.

Er erwidert fragend meinen Blick, scheint selbst nicht zu begreifen, in was für einer Situation wir uns befinden.

Doch ich blende den Gedanken aus, dass er nicht der Richtige für mich ist, er mir womöglich wehtun könnte. Ich stelle mich auf die Zehenspitzen und lege meine Hände auf seine Schultern.

Mein Gesicht nähert sich seinem und als mein Mund sanft seine Lippen berührt, lässt er es zu, zieht sich nicht zurück. Ich nehme seinen Duft auf und spüre, wie er mich an den Hüften an sich zieht. Er könnte mich aufhalten, sich gegen mein Handeln wehren, jedoch verrät ihn sein schwerer Atem, zeigt mir, wie wenig er meinen Eigenmächtigkeiten entgegenzusetzen hat. Er ist mir ausgeliefert, ich könnte ihn zu allem verführen, doch ich möchte ihm nur nahe sein und hoffe, dass er meinen Kuss endlich erwidert.

„Nina", haucht er meinen Namen kaum hörbar. „Geht das nicht gerade viel zu schnell?"

„Ja", antworte ich zu seiner Verwunderung und verbinde unsere Lippen erneut miteinander.

Diesmal löst er sich aus seiner Starre und drückt mich gegen eine der Säulen, die das Wohnzimmer zieren. Sein Mund öffnet sich und seine Zunge drängt zwischen meine Lippen. Kraftvoll verschafft er sich Zugang und küsst mich mit einer ungeahnten Leidenschaft, die mir fast ein bisschen Angst macht. Was ist, wenn ich ihn nicht stoppen kann und aus meinem Wunsch, ihm nahe zu sein, mehr wird? Ich muss an Svens Worte denken, dass mein Boss bloß das Eine von mir wolle. Wenn er Recht hat, habe ich Herrn Kronberg Tür und Tor geöffnet, um dieses Ziel zu erreichen. Ich bin gewarnt und doch gebe ich mich meinem Chef weiter voller Sehnsüchte hin, möchte mich von seinem Kuss wegtragen lassen in eine perfekte Welt, die es nicht gibt – jedenfalls nicht für mich.

Seine Hände gehen plötzlich auf Wanderschaft, gleiten erkundend über meinen Po.

„Verflucht, Nina, mit allem habe ich gerechnet, aber nicht damit", röchelt er seine Worte, als wäre er kurz vorm Ersticken.

Er zieht mein Kleid nach oben und fährt mit seinen Fingern über meine Oberschenkel, bis er an meinem Slip angekommen ist.

Auf einmal erwache ich aus einem wunderschönen Traum und mir wird bewusst, wo ich bin und wem ich mich so ungeniert an den Hals werfe. Mein Chef ist vollkommen außer Kontrolle und geht die Sache in einem Tempo an, das rekordverdächtig ist.

„Hören Sie auf", verlange ich und stemme mich gegen ihn.

Er braucht einen Moment, um sich zurück in die Gegenwart zu beamen und tut sich schwer damit, die neue Lage zu erfassen. Eine Weile sieht er mich unruhig an, bis er endlich zu sich findet.

„Mist!", stößt er aus und reibt sich durchs Gesicht. „Ich hätte mich nicht so gehen lassen dürfen. Keine Ahnung, was in mich gefahren ist."

Ich rücke von ihm ab und beabsichtige, mich zur Tür zu begeben.

„Es ist besser, wenn ich jetzt gehe", bemerke ich lediglich und kommentiere seine Worte nicht. Mir ist bewusst, dass ich ihn zu einem Kuss angestiftet habe, und schäme mich dafür. Auch wenn ich für seinen Kontrollverlust nichts kann.

„Nein, so darf das nicht enden", wehrt er sich gegen meine Entscheidung und hält mich fest. „Lass uns darüber reden, gib mir die Möglichkeit, es dir zu erklären", ist er überraschend zum Du übergegangen.

„Was gibt es da zu erklären?", frage ich irritiert. „*Ich* habe das zu verantworten", mache ich deutlich, dass ich nicht unschuldig an dieser Misere bin. „Ich hätte Sie nicht küssen dürfen."

„Doch, Nina", widerspricht er mir und wirkt bedrückt über meine Worte, „du hast nichts falsch gemacht. Ich jedoch muss mir vorwerfen, die Situation schamlos ausgenutzt zu haben. Du bist in meinem Haus – weit weg von Hamburg. Ich habe dich hierhergeschafft, ohne dir die Gelegenheit zu geben zu widersprechen. Dann durchbrach ich deinen Schutzpanzer und trieb dich in die Enge. Glaubst du denn, mir ist nicht aufgefallen, dass ich auf deinen wunden Punkt gestoßen bin und dich damit hilflos gemacht habe?" Er nimmt mein Gesicht in seine Hände und hebt meinen Kopf an, sodass ich ihm in die Augen schauen muss. „Ja, Nina, ich will dich, verflixt noch mal – mehr als du ahnst! Und das ist auch der Grund, weshalb ich gerade meine Beherrschung verlor und dir in einem Affenzahn an die Wäsche wollte. Das war unangebracht und nicht zu entschuldigen."

Er wirft mir einen flehenden Blick zu, als hoffe er, ich würde ihm die Absolution erteilen. Doch ich bin noch dabei, meine Gedanken zu sortieren, zu begreifen, was hier geschehen ist. Lag Sven möglicherweise richtig und mein Boss hatte es von Anfang an nur darauf abgesehen, mich zu vernaschen?

Andererseits scheint er ein recht feinfühliger Mensch zu sein, dem sehr wohl bewusst ist, welche Konsequenzen sein Handeln nach sich zieht. Auch vermittelt er nicht den Eindruck, mich verletzen zu wollen, dennoch liegt die Vermutung nahe, dass er nicht abgeneigt ist, sich mit mir zu vergnügen, um mich danach abzuservieren. Denn ein einfaches Mädchen wie ich passt nicht in seine Glamourwelt. Selbst wenn er mich in einen teuren Zwirn steckt und mit Edelsteinen behängt, werde ich immer bloß das unscheinbare Aschenputtel bleiben. Das muss ihm auch klar sein, deshalb hat er zu seiner Vernunft zurückgefunden.

Ich suche noch nach Worten in meinem Kopf, mit denen ich ihm verdeutlichen kann, dass nichts an einer Verbindung zwischen uns richtig sein kann, ich gerne das einfache Mädchen aus Altona bin und auch nicht vorhabe, etwas daran zu ändern – als sein Handy zu klingeln beginnt. Er wirkt genervt und löst sich nur ungern von mir, um das Telefon aus der Innentasche seines Sakkos zu ziehen und das Gespräch anzunehmen.

„Ja", sagt er angespannt ins Smartphone hinein, „was willst du schon wieder?" Er dreht mir den Rücken zu und geht einige Schritte Richtung Küche, bleibt jedoch kurz vor der Tür stehen. „Hör mal, Caro, ich habe kein Interesse an einem Rosenkrieg. Aber wenn du nicht endlich aufhörst, mich unter Druck zu setzen, wirst du gar nichts von mir bekommen."

Caro will offenbar nicht hören und redet sich am anderen Ende heiß. Ich nutze die Gelegenheit seiner Ablenkung und schleiche mich samt Handtasche, die ich vom Sofa ziehe, zur Tür. Wenn ich nicht auf der Stelle gehe, kann ich nicht garantieren, vernünftig zu bleiben. Ja, es könnte sein, dass er lediglich an Sex denkt, wenn er meinen Namen ausspricht. Aber in meinem Kopf herrscht gerade ein dramatisches Chaos und ich kann nicht ausschließen, infiziert zu sein und denselben Gedanken zu hegen. Und was würde uns das bringen, außer einer wilden und zügellosen Nacht, die ich womöglich niemals vergessen werde? Gott, ich bin ja nicht ich selbst. Jetzt male ich mir schon aus, wie ein One-Night-Stand zwischen uns aussehen würde. Ich fasse mir an die Stirn, als ich die Haustür erreicht habe. Vielleicht befinde ich mich im Fieberwahn und bin an einer Grippe erkrankt. Ja, so muss es sein, anders sind meine peinlichen Fantasien nicht zu erklären.

„Nina!", höre ich ihn rufen, nachdem er meine Flucht entdeckt hat. Ich reiße die Tür auf und stürme nach draußen. Er stellt seinen Turbo ein und erreicht mich in Windeseile. Sein Telefonat hat er offenbar für beendet erklärt.

„Wo willst du denn hin?", fragt er mich, während er seine Arme fest um mich legt und somit sicherstellt, dass ich nicht entkommen kann. „Es ist dunkel und du kennst dich in dieser Gegend nicht aus. Ein Taxi wirst du in den einsamen Straßen nicht finden."

„Das stimmt", antworte ich und spüre den kühler gewordenen Herbstwind an meinen Beinen. „Aber ich muss hier weg, ich bin durcheinander und kann nicht mehr zwischen Richtig und Falsch unterscheiden. Ich weiß ja nicht mal, wie ich Sie anreden soll. Sie sind mein Chef und ich habe mich darauf verlassen, dass Sie an meiner Arbeitskraft interessiert sind und nicht an meinem Körper."

Er will etwas erwidern, mich mit geschickter Argumentation womöglich zum Bleiben bewegen. Doch es gibt für mich nur noch die eine Lösung: raus aus dieser haarsträubenden Situation, um über alles in Ruhe nachzudenken.

„Nein", hindere ich ihn am Reden. „Ich habe mich entschieden, Herr Kronberg. Sie können nichts tun oder sagen, was mich aufhalten würde. Ich werde mir ein Taxi bestellen und zurück nach Hamburg fahren." Er sieht verloren aus, gibt mich aber zögernd frei, indem er seine Arme zurückzieht. „Sie sind ein sehr attraktiver Mann, und das wissen Sie bestimmt auch. Es wird für Sie kein Problem sein, das Herz einer Frau zu erobern, um sie zu verführen. Und ich müsste lügen, wenn ich behaupten würde, ich könnte mir das nicht vorstellen. Aber ich sehne mich nach mehr: Geborgenheit und Sicherheit, einem Menschen, dem ich bedingungslos vertrauen kann. So jemandem bin ich noch nicht begegnet. Werde ich vielleicht auch nie, weil mein Leben eine große Baustelle ist. – Gute Nacht ... Tobias", habe ich beschlossen, mich seines Vornamens zu bedienen. „Danke für Ihr Vertrauen in mich und die schönen Kleider. Ihr Vater hatte anscheinend Unrecht. Sie können durchaus großzügig sein."

Ich drehe mich um und gehe zum offenen Tor, während ich mein Handy hervorziehe und mir ein Taxi rufe.

8

Nach einer schlaflosen Nacht fahre ich am folgenden Morgen zur Zentrale der Firma Kronberg. Ich stelle mein Auto erneut auf dem Parkplatz des Seniors ab und gehe auf direktem Wege ins Gebäude. Am Empfang düse ich vorbei und ignoriere das Winken der Mitarbeiterin hinterm Tresen.

„Hallo?", fragt sie mir hinterher. „Wo wollen Sie hin?"

Ich antworte nicht, schließlich bin ich ihr keine Rechenschaft schuldig, solange ich hier ebenfalls beschäftigt bin.

Der Fahrstuhl erreicht gerade das Erdgeschoss und spuckt ein paar Leute aus, sodass ich just darin verschwinden und der Ruferei der Empfangsdame entkommen kann. Ich drücke die Vier und schon gleiten die Türen zu. Oben angekommen begebe ich mich im zügigen Schritt Richtung Zimmernummer 25. Als ich Frau Hahnenkamp im Flur vor ihrem Büro am Kopierer stehen sehe, spreche ich sie an.

„Ist er da?", frage ich, warte aber nicht auf ihre Antwort und gehe weiter.

„Moment, Sie können da nicht so einfach reingehen", ermahnt sie mich, stehen zu bleiben. „Er telefoniert."

Es wäre nicht das erste Mal, dass er in meiner Gegenwart ein Telefonat führt, deshalb fühle ich

mich nicht abgeschreckt. Als ich vor seiner Büro-
tür stehe, öffne ich sie, ohne anzuklopfen, und
trete ein. Er sitzt an seinem wuchtigen Schreibtisch mit dem Hörer in der Hand, den er sich ans
Ohr hält, und sieht mich verwundert an.

„Entschuldigung, Herr Schneider, ich rufe Sie
gleich noch einmal zurück", sagt er in die Sprech-
muschel und beendet ad hoc das Telefonat.

Seine Assistentin stößt aufgeregt dazu und
drängelt sich vor mich.

„Tut mir leid, Herr Kronberg, ich habe ihr erklärt, dass Sie keine Zeit haben, aber sie wollte
nicht hören."

„Ja, ja, ist gut, Frau Hahnenkamp. Lassen Sie
uns bitte allein."

„Aber …", ist sie noch nicht von seiner Anwei-
sung überzeugt.

„Nun gehen Sie schon", verlangt er nach-
drücklicher und erhebt sich aus seinem Bürosessel.

Sie nickt und zieht sich zurück, schenkt mir jedoch zuvor einen giftigen Blick. Als sie die Tür
schließt, stürzt er auf mich zu und zerrt mich am
Arm in die Mitte des Raumes.

„Was ist das hier für ein seltsamer Überfall,
Nina?", will er wissen und zeigt sich verunsichert.

„Keine Angst, ich bin gleich wieder verschwunden, Herr Kronberg", gebe ich zu verstehen, dass mein Besuch von kurzer Dauer sein
wird. „Ich möchte Ihnen bloß etwas aushändigen."

Meine Hand zieht den Reißverschluss meiner Tasche auf und holt seine Kreditkarte hervor. Ich halte sie ihm entgegen, während er mich lediglich irritiert ansieht und sie nicht an sich nimmt.

„Na schön", sage ich und lege sie auf seinem Tisch ab, „dann nehmen Sie sie halt nicht." Ich krame weiter in meinem Beutel herum und fische die Kette heraus, die er mir gestern um den Hals legte.

„Wenn ich mich nicht irre, ist das Ihre", bemerke ich und drapiere das kostbare Schmuckstück neben der Karte. „Und zu guter Letzt möchte ich Ihnen noch meine Kündigung aushändigen." Ich packe den Umschlag über Kette und Karte und drehe mich um. „Jetzt können Sie Ihr Telefonat mit Herrn Schneider zu Ende führen", lasse ich durchblicken, wieder gehen zu wollen.

Ich setze mich in Bewegung und plane, an ihm vorbeizugehen, doch er stellt sich mir in den Weg.

„Denkst du denn, ich akzeptiere deine Kündigung?", fragt er bedrückt.

„Das werden Sie wohl müssen, Herr Kronberg", erwidere ich tonlos und sehe ihn mit kaltem Blick an.

„Verdammt noch mal, hör endlich auf mit dieser förmlichen Anrede!", bricht es aus ihm heraus. „Offenbar ist gestern eine Menge zwischen uns schiefgelaufen, Nina, und das tut mir unendlich leid. Aber vergiss, dass ich dein Boss bin, sieh doch mal den Mann in mir, der dich kennenlernen möchte. Ich bin Tobias, der Typ, in dessen Haus

du gestern warst, der dich voller Leidenschaft geküsst hat und sich verflucht einsam fühlte, nachdem du gegangen warst."

Seine Offenheit verblüfft mich, lässt mich einen Augenblick daran zweifeln, ob es richtig ist,
ihn mit Wucht von mir wegzustoßen. Allerdings
darf ich auch nicht vergessen, was allein sein Eindringen in mein Leben für einen Scherbenhaufen
bei mir verursachte. Er ist eine Gefahr für mich, in
jeglicher Hinsicht.

„Ich möchte nicht kaltherzig erscheinen", entgegne ich im sanften Ton. „Doch ich habe die
letzte Nacht sehr lange über alles nachgedacht
und einen Entschluss gefasst: Ich möchte nicht
mehr für dich arbeiten … Tobias, auch wenn mir
mein Job hier sehr fehlen wird. Als rechte Hand
oder nette Begleitung wirst du dir jemand anders
suchen müssen und als Betthupferl ebenfalls."

„Meine Güte, Nina, du siehst das alles völlig
falsch", kann ich Verzweiflung in seinem Gesicht
erkennen. „Ich …"

Auf einmal geht die Tür auf und Frau Hahnenkamp stürmt herein.

„Pardon, Herr Kronberg, aber ich habe Herrn
Schneider am Telefon. Er lässt sich nicht mehr ab-
wimmeln. Er verlangt, Sie auf der Stelle zu sprechen."

„Ich wollte ohnehin gerade gehen", bemerke
ich und lächle Tobias an. „Lass dich nicht weiter
von der Arbeit abhalten. Es ist alles gesagt."

Ich stelle mich auf die Zehenspitzen und küsse ihn auf die Wange. Danach wende ich mich um und verlasse sein Büro.

Nun werde ich mich verstärkt ums Café kümmern, all meine Energie dafür verwenden, weitere Spender aufzutun. Nebenbei muss ich zusehen, einen neuen Job zu finden. Meine Wohnung bezahlt sich nämlich nicht von allein.

9

Seit einer Stunde sitze ich im Café Nächstenliebe und weine mir die Augen aus. Kathrin und Marie sitzen mit mir am Tisch und versuchen, mich zu trösten. Sie sind beide herzensgute Menschen, die mit mir und Heike das Café am Laufen halten. Tagsüber schmeißen sie den Laden, während Heike und ich uns am Abend mit der Arbeit abwechseln.

Kathrin hat einen gut verdienenden Mann, der ihr das Ehrenamt und somit die unbezahlte Tätigkeit bei uns möglich macht. Hin und wieder hilft er sogar mit aus. Marie hat als allein lebende Rentnerin ihre Bestimmung bei uns gefunden, anderen zu helfen, und genießt es, gebraucht zu werden.

„Ach Kind", sagt sie und drückt mich mütterlich an ihre Brust, „du wirst einen neuen Job finden, der bestimmt besser bezahlt ist und mehr Spaß macht."

„Ja, möglich", erwidere ich schluchzend, „aber dieser war perfekt."

„Nur dein Chef offensichtlich nicht", erinnert mich Kathrin an die Fakten und rührt in ihrer Kaffeetasse herum. „Er hat dich ja ganz schön aus dem Lot gebracht."

Die Tür geht auf und Ecki schneit herein. Morgens kommt er oft auf einen Kaffee und ein Brötchen vorbei sowie auf einen Klönschnack.

„Wat willst du denn schon hier, meine Kleene?", fragt er mich und setzt sich zu uns an den Tisch. „Dit is doch ja nich deine Zeit."

„Sie hat bei Kronberg gekündigt", klärt Marie ihn auf. „Heute."

Ich löse mich aus ihrer Umarmung und wische mir die Tränen aus dem Gesicht.

„Dann is euer Treffen wohl nich so jut jelaufen", bemerkt Ecki betrübt.

„Ihr Chef hat sich ihr ungebührlich genähert", verrät Kathrin und nippt an ihrem Kaffee.

„Na ja, eigentlich habe ich damit angefangen", korrigiere ich ihre Fehlinformation und schnaube danach in ein Taschentuch.

„Und wo is dit Problem?", fragt Ecki verwirrt und kratzt sich am Kopf.

„Ich denke, dass unsere Nina verliebt ist", überrascht mich Marie mit ihrer Vermutung.

„Es ist etwas komplizierter", dementiere ich und überlege zugleich, ob sie womöglich richtigliegt und ich mir nicht eingestehen möchte, etwas für Tobias zu empfinden. Doch selbst wenn was an ihrer Behauptung dran sein sollte, darf ich solche Gefühle nicht zulassen. Er bringt mein Leben durcheinander, indem er alte Wunden aufreißt. In kürzester Zeit hat er es fertiggebracht, mein Gleichgewicht zu stören und mein Innenleben kräftig durcheinanderzuschleudern. Ich darf ihm keinesfalls mehr begegnen.

„Hör zu, meine Kleene", sagt Ecki und greift nach der Thermoskanne auf dem Tisch, um sich einen Kaffee einzuschenken, „inzwischen seh ick aus wie ein alter Knacker und lebe uff der Straße, somit bin ick vielleicht nich der ideale Ratgeber. Aber eines kannste mir globen: Wenn die Liebe anklopft, sollte man nich davor weglofen. Schnapp dir deinen Milliardär und sei glücklich. Hier im Café wirste dit uff Dauer bestimmt nich."

„Was soll Nina denn mit 'nem reichen Macho, Ecki?", fragt Kathrin und trinkt danach ihre Tasse leer.

„Sieh dir unsere Kleene doch an, Kathrinchen. Sie is bildhübsch und hat Köpfchen", erklärt er und streut sich Zucker in den Kaffee. „Da drin versteckt sich 'n Haufen Potenzial", fährt er fort und tippt mit dem Finger gegen meine Stirn. „Dit muss der junge Mann och erkannt haben. Deshalb stellt er unserer Nina nach. Dit Mädel is bei uns falsch, sie is zu Höherem berufen."

„Das ist doch Unsinn, Ecki", wehre ich mich gegen seine Theorie. „Ich bin hier genau richtig und liebe meine Aufgabe. Hätte ich das Gefühl, ich wäre zu ‚Höherem berufen', würde ich es tun. Mein Chef hat mir einen besser bezahlten Posten angeboten. Ich habe ihn abgelehnt, weil ich für euch da sein will."

„Und wer is für dich da?", bringt er mich zum Nachdenken und sieht mich provokant an.

„Na wir alle", beantwortet Marie seine Frage für mich. „Wir sind eine große Familie und stehen füreinander ein."

„Verzichten wir dafür uff 'ne steile Karriere, Mariechen?", gibt Ecki zu bedenken. „Unser Ninchen kann mehr – vergeudet ihr Talent aber für uns und verzichtet nun sogar uff die Liebe."

„Das stimmt nicht, Ecki", widerspreche ich. „Ich bin nicht verliebt und alles ist gut, wie es ist."

„Und warum weenste dann wie 'n Schlosshund, Mäuschen?"

10

Ich liege in meiner Unterwäsche im Bett und starre seit gut einer halben Stunde nachdenklich an die Decke. Mein Buch habe ich auf dem Bauch abgelegt, weil es mir nicht gelingt, mich auf den Inhalt zu konzentrieren. Immerzu drängen sich die Bilder des gestrigen Abends in meine Erinnerung und Eckis Worte von heute Morgen, die mich nicht mehr loslassen. Habe ich zugunsten meiner Arbeit im Café auf etwas verzichtet? Und falls ja, auf was eigentlich? Ich wollte nie Karriere machen und einen reichen Mann kennenlernen erst recht nicht. Nun bot sich mir die Gelegenheit, nach den Sternen zu greifen, und ich entschied mich dagegen. Daran ist nichts falsch – im Gegenteil. Niemand kennt meine Geschichte, weiß, was ich für Beweggründe habe. Deshalb kann auch keiner meine Entscheidungen wirklich beurteilen. Ich sollte mich nicht verunsichern lassen. Bisher wusste ich immer, was gut für mich ist und was nicht. Weshalb sollte das jetzt anders sein?

Plötzlich klingelt es an der Tür und ich werde aus meiner unerquicklichen Grübelei gerissen. Ich schaue auf meinen Wecker: Es ist zweiundzwanzig Uhr, somit die Zeit für einen Spontanbesuch auf unhöfliche Weise überschritten. Andererseits ist heute Freitagabend und nicht ausgeschlossen, dass sich meine Freundin Heike entschieden hat, mich aus meiner Höhle zu entführen, um mich auf andere Gedanken zu bringen.

Müde steige ich aus dem Bett und schlurfe zur Wohnungstür. Ich muss Heike klarmachen, dass ich keine Lust auf eine Sause über die Reeperbahn habe. Die muss sie mit jemand anders machen, ich möchte mich lieber unter den Daunenfedern meiner Bettdecke verkriechen.

Gedankenverloren öffne ich und rede sofort drauflos.

„Hör mal, Heike, ich hab …", kann ich immerhin noch sagen, bevor mir der Anblick meines Ex-Chefs die Sprache verschlägt.

Er steht auf der Fußmatte in Jeans und Flanellhemd (ein völlig neuer Anblick) und sieht ebenso verblüfft aus wie ich. Mir fällt ein, dass ich ihm in Hemdchen und Höschen gegenüberstehe und beabsichtige deshalb, die Pforte wieder zu schließen. Also stelle ich mich hinter die Tür und will sie zudrücken, als er sich dagegenstemmt und sich unverhohlen Zutritt verschafft.

„Wir müssen reden, Nina", geht er darüber hinweg, dass ich ihn gerade aussperren wollte und ihm dazu noch in Unterwäsche aufgemacht habe.

Als er im Flur steht, drückt er die Eingangstür zu und zieht mich in die Küche. Er hat sich alles gut gemerkt, weiß, wo er den Lichtschalter findet. Vor der Sitzgruppe lässt er mich los und wirft eine Akte auf die Tischplatte.

Ich bin perplex über seine Unverfrorenheit und finde keine Worte. Er hingegen ist auf seinen Besuch gut vorbereitet und öffnet die Mappe, um meine Kündigung hervorzuziehen.

„Die hier", sagt er und zeigt darauf, „wirst du zurücknehmen, und zwar sofort."

Er hält mir mein Schreiben hin, das ich aber nicht entgegennehme. Ich erwidere seinen Blick, der mir geradezu bedrohlich vorkommt.

„Überlege es dir gut, Nina. Ich akzeptiere deine Kündigung nicht und wenn du nicht zurückruderst, sorge ich dafür, dass du nirgendwo mehr Fuß fassen wirst."

Ich versteife und schnappe nach Luft.

„Das würdest du tun?", frage ich erschrocken. „Mir mein Leben verbauen?"

„Herrgott noch mal, Nina, das schaffst du auch ganz allein!", ist sein Ton ruppig und überlaut. „Es gibt keinen Grund für dich, deine sichere Anstellung zu kündigen. Und doch wirfst du alles hin. Weil wir uns geküsst haben? Ehrlich?"

Er hält mir weiterhin mein Schreiben unter die Nase und wartet auf eine Reaktion von mir. Aber ich muss erst mal begreifen, welcher Film gerade läuft – bin noch nicht richtig auf Sendung.

Als ich mich weiterhin unfähig zeige, etwas Gescheites zu erwidern, lässt er meine Kündigung einfach los und zu Boden segeln.

„Gut", sagt er, als hätte ich ihm beigepflichtet, „dann sind wir uns ja einig. Montag erwarte ich dich zurück an der Front."

Er beugt sich über den Tisch und zieht ein weiteres Dokument aus der Kladde.

„Und nun reden wir über die Firma Klingbach!", ist meine Folter offenbar nicht beendet. „Du wirst mir jetzt erklären, warum du dich gegen deine eigenen Eltern stellst."

Ich stemme meine Hände in die Hüften und stiere ihn vorwurfsvoll an.

„Woher weißt du, dass sie meine Eltern sind?", bin ich empört über sein Wissen, für das er umfangreich recherchiert haben muss.

„Ich habe mich erkundigt", behält er seine Quelle für sich und legt das Schriftstück zurück auf den Tisch. Darauf kann ich die Namen meiner Eltern erkennen sowie meinen eigenen.

„So ... und mit welchem Recht hast du das getan?", bebe ich vor Wut und beginne, am ganzen Körper zu zittern.

„Nina, du arbeitest für mich und hast vor Fabrice Bellamy Dinge behauptet, die ich nachprüfen musste. Ich konnte deine Anschuldigungen unmöglich auf sich beruhen lassen. Das musst du doch verstehen."

Ich bücke mich, um das Schreiben vom Fußboden aufzunehmen und werfe es auf seine Mappe.

„Nimm meine Kündigung und geh bitte", fordere ich ihn auf und wende mich ab, um die Küche zu verlassen. Doch er schnappt nach meinem Arm und hält mich auf.

„Wir sind noch nicht fertig, Nina", ist er unerbittlich. „Du wirst mir alles erzählen, jede Einzelheit."

„Nein", sage ich und spüre den kräftigen Druck seiner Hand, die meinen Arm umfasst hält. Langsam zieht er mich zu sich heran und dreht mich an den Schultern herum.

„Vielleicht ist es gut für dich, wenn du dir mal alles von der Seele redest", will er es mir schmackhaft machen, mich ihm anzuvertrauen. „Ich spüre doch, dass dich diese Sache zerfrisst. Wahrscheinlich schleppst du deine Probleme ein Leben lang mit dir herum und verschließt dich vor jedem, der dir helfen will."

Meine Augen werden wässrig und ich kann kaum verhindern, dass sich Tränen lösen und meine Wangen hinablaufen.

„Bitte quäle mich nicht", flehe ich Tobias an, mich nicht weiter auszuquetschen.

„Warum hast du einen anderen Familiennamen als deine Eltern?", zeigt er sich unbeeindruckt von meiner Bitte, das Thema abzuschließen. Ich erwidere nichts, lasse es zu, dass er mich härter in die Mangel nimmt, indem er mich an den Oberarmen packt und mit einem ungeduldigen Blick durchbohrt. „Wenn du mir keine Antworten geben willst, werde ich es selbst herausfinden", droht er, seine Quellen erneut zu beanspruchen. „Und du möchtest bestimmt nicht, dass ich unnötigen Staub aufwirble, oder?"

„Ich kann das nicht, Tobias", bemühe ich mich, ihm zu erklären, dass mich die Erinnerungen an die Vergangenheit lähmen.

„Warum, Nina, hast du einen anderen Familiennamen als deine Eltern?", hat er sich entschieden, mein Veto zu ignorieren. „Das ist eine ganz einfache Frage und sollte leicht zu beantworten sein."

Ich versuche, mich aus seinen Fängen zu befreien und seine Hände abzuschütteln, aber er hat mich fest im Griff.

„Weil meine Mutter wieder geheiratet hat, nachdem mein Vater gestorben ist!", schreie ich ihm die Antwort ins Gesicht. „Und nun lass mich bitte los!"

„Wie alt warst du da?", übergeht er abermals meinen aufgelösten Zustand. Erkennt er nicht, was er mir abverlangt?

„Sechs Jahre", gelingt es ihm durch den wachsenden Druck, den er aufbaut, mich weichzukochen.

„Und kamst du mit deinem neuen Vater klar?", fährt er mit der Fragerei fort.

„Ich habe ihn gehasst!", drängen meine Gefühle an die Oberfläche.

„Warum?", ist er gnadenlos.

Ich merke, wie mir die Kraft aus den Gliedern entweicht, ich mich mit jeder seiner Fragen schwächer fühle.

„Hör auf … bitte", hoffe ich, er würde nachsichtiger werden. Aber seine Finger legen sich fester um meine Oberarme, krallen sich regelrecht in mein Fleisch.

„Warum?", wiederholt er seine Frage und lässt nicht locker.

„Weil er mich misshandelt hat", will ich meinen Ton weiter aufdrehen, aber mein Vorhaben scheitert, da ich mittlerweile so geschwächt bin, dass ich kurz darauf die Gewalt über meine Beine verliere und zusammensacke.

Tobias fängt mich auf, sodass ich nicht Gefahr laufe, mir den Kopf an der Tischkante aufzuschlagen. Gemeinsam gleiten wir Richtung Boden und sitzen danach auf den kalten Fliesen. Ich lehne mich gegen den Kühlschrank und fühle mich energielos wie eine alte Autobatterie.

„Nun ist es endlich raus", gibt er mir zu verstehen, dass er längst geahnt hat, welche Kindheitserlebnisse mich blockieren, und er mit seiner penetranten Hartnäckigkeit beabsichtigte, eine Tür zu öffnen – meinen Panzer zu durchbrechen. „Tut mir leid, Nina, aber das musste sein. Deine Verschlossenheit in dieser Hinsicht ist selbstzerstörerisch."

„Mir ging es gut", behaupte ich, obwohl mir klar ist, mich selbst zu belügen. Wäre ich in normalen Familienverhältnissen aufgewachsen, sähe mein Leben heute anders aus. Ich hätte studiert, eine Karriere angestrebt und mein Helfersyndrom wäre nicht so übertrieben ausgeprägt, sodass ich mich auf meinem Weg nicht vergessen hätte.

„Das ist nicht wahr, Nina, und das ist dir auch bewusst."

Ich erwidere nichts und lasse weitere Tränen gewähren.

„Hey", sagt er und zieht ein Taschentuch aus der Hose, um mir damit durchs Gesicht zu tupfen. Als er zufrieden mit dem Ergebnis ist, setzt er sich neben mich und legt seine Arme um mich herum. Ich schließe die Augen und bin froh über die Ruhe, die wieder eingekehrt ist, doch ich befürchte, dass er meine Therapiestunde längst nicht für beendet erklärt hat.

„Willst du jetzt noch mehr wissen?", frage ich deshalb ängstlich nach.

„Aber ja", bestätigt er meine Vorahnung und streicht sanft mit dem Daumen über meine kalte Schulter. „Hast du dich denn niemals irgendwem anvertraut?", setzt er sein weiteres Verhör mit einer harmlosen Frage fort.

„Nein", antworte ich zögerlich. Es fühlt sich seltsam an, freiwillig darüber zu sprechen.

„Und wie ist deine Mutter mit all dem umgegangen? Hat sie dich geschützt?"

„Sie hat es hingenommen – einfach weggesehen", staune ich, wie leicht es mir plötzlich fällt, es Tobias zu erzählen. „Er hat mich mit dem Rohrstock verprügelt, bis ich grün und blau war. Wenn ich mich wehrte, bekam ich tagelang nichts zu essen. Sie ist mitschuldig, auch wenn sie mich nicht angerührt hat. Welche Mutter lässt so etwas zu? Sie hätte sich trennen müssen, um mich zu beschützen. Aber der Wohlstand, den ihr mein Stiefvater bot, war ihr wichtiger."

Mein Herz rast vor Aufregung, als ich mir diese Erlebnisse in Erinnerung rufe.

„Obwohl sie vermögend sind, haben sie mich gehalten wie ein Tier. Ich bekam keine neue Kleidung und musste die alte so lange auftragen, bis sie Löcher bekam. Während meine Mitschüler mit den neuesten Handys ausgestattet wurden, erhielt ich zu Hause eine Tracht Prügel, wenn ich darum bat, ein Frühstücksbrot mit in die Schule nehmen zu dürfen. Meine Geburtstage wurden nicht gefeiert, Geschenke bekam ich nie, geschweige denn ein bisschen Geborgenheit. Als ich fünfzehn war, wehrte ich mich gegen seine Misshandlungen und schubste ihn so heftig, dass er sein Gleichgewicht verlor und mit dem Kopf gegen den Schrank prallte. Ich kam ins Heim mit dem Vermerk, schwer erziehbar zu sein."

„Das ist ja furchtbar", bemerkt Tobias und scheint von meinen Erzählungen betroffen zu sein.

„Na ja, das Heim war letztlich wie eine Befreiung für mich. Ich bekam regelmäßig zu essen und konnte mich auf die Schule konzentrieren. Nach dem Abitur ging ich für ein Jahr nach Frankreich. Dort jobbte ich in einem Café und finanzierte mir mit dem Lohn meine Unterkunft und die Sprachschule. Den Rest kennst du sicherlich aus meiner Personalakte."

„Und hast du noch Kontakt zu deinen Eltern?", klingt seine Frage beinahe wie ein Witz.

„Damals ja", antworte ich zu meiner eigenen Verwunderung, wie es mir gelungen ist, diesen Kontakt zuzulassen. Doch ich verfolgte Pläne, wollte meine Eltern bluten lassen für das, was sie mir angetan hatten. „Ich habe sogar ein Praktikum bei Klingbach gemacht. Aber als meinem Stiefvater erneut die Hand ausrutschte, zog ich mich endgültig zurück – nicht ohne mir allerdings sämtliche Geschäftsinterna zu kopieren. In dieser Zeit beschaffte ich mir allerhand Beweise über seine dunklen Machenschaften."

„Dann war *das* dein Ziel? Du hast dich mit ihnen gutgestellt, um an Geschäftsgeheimnisse heranzukommen, die ihnen im Falle einer Veröffentlichung das Genick brechen?", ist er alles andere als begriffsstutzig.

„Exakt", bestätige ich seine Herleitung und fühle mich unwohl, dass er von meinen Abgründen erfahren hat. „Aber ich tat es nicht, um ihnen zu schaden", ist es mir wichtig, ihm meine Gründe zu erklären. „So bin ich nicht. Ich behandle Menschen respektvoll und mische mich nicht in ihre Angelegenheiten ein."

„Das weiß ich doch, Nina", spürt er offenbar, wie sehr ich mich davor fürchte, dass er meine scheinbar skrupellose Entscheidung von damals falsch interpretiert.

„Nein, Tobias, du weißt gar nichts", widerspreche ich ihm und kann nicht verhindern, wie mein Leib wiederholt zu zittern beginnt. Ob es an dem aufreibenden Thema liegt oder der Tatsache, in leichter Bekleidung auf dem kalten Küchenboden zu sitzen, kann ich nicht sagen. Doch alles in mir scheint sich selbstständig zu machen und mir die Kontrolle über meine Körperfunktionen zu verwehren.

„Hey, du bist ja ganz ausgekühlt", stellt er richtig fest und erhebt sich von den Fliesen. „Los, steh auf", sagt er und hält mir seine Hand hin, um mich hochzuziehen. Ich ergreife sie und schlottere wie Espenlaub, als er mir hilft, mich aufzustellen.

„Du hast ja keine Ahnung, wie sehr mein Stiefvater auch später noch Druck auf mich ausübte", übergehe ich meine zunehmende Erschöpfung und bemühe mich, Tobias mein vergangenes Handeln zu erklären.

„Ich kann es mir vorstellen", zeigt er sich verständnisvoll und beabsichtigt, das Gespräch auszusetzen.

„Aber ...", will ich ergänzen, erhalte jedoch keine Gelegenheit mehr dazu, denn Tobias legt seinen Finger auf meine Lippen.

„Komm jetzt, Nina, du musst dich aufwärmen und vor allem erst mal beruhigen."

Er will mich aus der Küche führen, doch meine Beine gehorchen mir nicht. Die Schwäche hat sich inzwischen in jeden Winkel meines Körpers ausgebreitet.

„Hey, hey, hey", sagt er, als ich kurz davor bin, wie ein Taschenmesser zusammenzuklappen. Er packt mich in den Hüften und hebt mich wie ein Stück Schaumstoff in seine Arme. Offenbar hat er keine Mühe, meinen zierlichen Leib aufzufangen. Ohne weitere Worte zu verschwenden, trägt er mich Richtung Schlafzimmer, aus dem das Licht in den Flur dringt. Als ich es vorhin verließ, um die Wohnungstür zu öffnen, habe ich die Nachttischlampe brennen lassen. Nun weist sie Tobias den Weg und sorgt auf unschuldige Weise dafür, dass sich ein fremder Mann Zutritt in mein sehr privates Reich verschafft. Er überschreitet die Schwelle mit mir und sieht sich um, verschafft sich einen kurzen Überblick. Kaum wird er auf die aufgeschlagene Decke aufmerksam, begibt er sich zu dieser Seite des Bettes, um mich dort abzulegen.

„Du interessierst dich für Astronomie?", fragt er, als er mein Buch auf der Matratze liegen sieht.

„Ja", antworte ich und lege mich auf die Seite. Ich ziehe meine Beine an den Körper ran, um mir selbst Wärme zu spenden. „Das erinnert mich daran, wie klein und unbedeutend wir sind."

Er nimmt das Buch und legt es auf das Nachtschränkchen.

„Du bist weder klein noch unbedeutend", bemerkt er und steigt aus seinen Schuhen. Offensichtlich hat er beschlossen, sich zu mir aufs Bett zu legen, und rückt nah an mich heran.

„Komm her, ich wärme dich ein bisschen", schlägt er vor und breitet seine Arme aus, um sie fest um mich zu schlingen. Ich lasse zu, dass er mich an seine Brust heranzieht und seine Hand über meinen Rücken reibt.

„Was denkst du jetzt über mich?", frage ich zaghaft und fühle mich irgendwie ertappt. „Dass ich eine Industriespionin bin?"

Er lacht, wirkt aber alles andere als amüsiert.

„Hör zu, Nina, ich begreife durchaus die Tragweite deiner Situation."

„Ach ja?", bezweifle ich, dass er auch nur annähernd nachvollziehen kann, was es für mich bedeutete, solch ein Leben zu führen. Ich richte mich auf und sehe ihn wütend an. „Wie kannst du glauben, etwas zu begreifen, was du selbst nie erlebt hast? Du bist behütet aufgewachsen mit liebevollen Eltern."

Er setzt sich ebenfalls auf und wirkt überrascht von meinen übersprudelnden Emotionen.

„Obwohl meine Eltern Monster waren, wünschte ich ihnen nie etwas Böses", fahre ich fort, meinen Puls in die Höhe zu treiben. „Aber mein Stiefvater hörte einfach nicht auf, mich zu tyrannisieren – sogar als ich schon auf eigenen Beinen stand. Ich hatte Angst vor ihm, verstehst du? Nur deshalb handelte ich damals so – verschaffte mir ein Druckmittel gegen ihn, um mich selbst zu schützen."

Mein Herz donnert wild in meinem Brustkorb herum und mir wird bewusst, dass ich mich beruhigen muss, um meinen Puls wieder runterzufahren. Das scheint auch Tobias gerade bemerkt zu haben, denn er greift nach meinen Armen und zieht mich zurück auf die Matratze.

„Jetzt legst du dich schön flach hin und atmest tief ein und aus, Nina", verlangt er und beugt sich über mich. Ich tue, was er sagt, denn mir wird plötzlich schwindelig. „So ist es gut", sagt er und wirkt besorgt. Er legt seine Hand auf meinen Bauch, als wollte er mir auf diese Weise zu mehr Ruhe verhelfen. Seltsamerweise funktioniert der Trick, führt die Wärme seiner Finger dazu, dass ich mich umhüllt von ihm fühle – beschützt und geborgen. Jedoch wühlt mich diese Berührung auf, sorgt für neues Ungemach. Mein Blut gerät wiederholt in Wallung und verursacht ein kräftiges Durcheinander meiner Gefühle. Er sieht auf mich herab – nimmt sich Zeit, mein Gesicht zu betrachten, und schmunzelt erleichtert, als er annimmt, meine Aufregung aufgelöst zu haben. Doch ich erwidere sein Lächeln nicht, lege meine Hände um seinen Kopf und ziehe ihn zu mir herunter.

„Nina", flüstert er willenlos und ist sich nicht im Klaren, was ihn erwartet. „Was tust du denn?"

Ich antworte nicht, nehme mir, was ich glaube, haben zu wollen. Als sich unsere Gesichter nahe genug sind, küsse ich vorsichtig seinen Mund, so als wollte ich ihn davor bewahren zu zerbrechen. Er zögert, gibt sich zurückhaltend, obwohl ihm längst anzumerken ist, dass sein Motor von jetzt auf eben angesprungen ist. Offenbar bedarf es nicht viel, ihn zu einem unrechtmäßigen Verhalten anzustiften.

Er hat mich am heutigen Abend zu einem Schwächling gemacht, ist beinahe gewaltvoll in meine Wohnung eingedrungen, um mir Informationen zu entlocken, die ich bewusst mit niemandem teilen wollte. Nun hat er bekommen, was er wollte, und einen emotionalen Krüppel aus mir gemacht. Ich bin ausgelaugt und verwirrt, bilde mir ein, meinen seelischen Schmerz mit Intimitäten heilen zu können, die ich ausgerechnet von dem Mann einfordere, der mein Gefühlchaos zu verantworten hat. Er sollte sich zurücknehmen und wie ein Gentleman verhalten. Stattdessen hat er sich entschieden, meinen Kuss zu erwidern, indem er mit seinen Lippen zärtlich über meine streift. Sein Knie wandert zwischen meine Beine und seine Hand unter mein Top, um über meine Hüften zu gleiten. Mit jedem Schritt, den er sich weiterwagt, wächst seine Erregung und wird er enthemmter.

Ich lasse ihn gewähren, erlaube ihm, den Stoff meines Oberteils hochzuziehen, sodass er einen freien Blick auf meinen entblößten Oberkörper erhält.

„Du bist perfekt", sagt er, als wäre er ein Scheich aus dem Abendland und hätte sich gerade eine neue Haremsdame ausgewählt.

Ich sage nichts, frage mich, weshalb ich diese Situation herbeigeführt habe. Im Grunde möchte ich bloß weinen und von einem Schutzschild umhüllt werden. Ich möchte auf einer weichen Wolke liegen und in ihr versinken, um alle an die Oberfläche getretenen Erinnerungen in Wasserdampf aufzulösen.

„Ich kann mich nicht erinnern, jemals eine Frau so sehr gewollt zu haben", lässt er durchblicken, von niederen Gelüsten getrieben zu sein.

„Und war das dein Plan?", frage ich, während ich mein Top wieder zurechtrücke und meine Haut bedecke. „Mich in meiner Wohnung zu überfallen und so lange zu quälen, bis ich mich dir verzweifelt an den Hals werfe? Hast du es von Anfang an darauf abgesehen, mich zu brechen, um mich gefügig zu machen?"

Tobias blickt mich stumm an. Ihm ist anzusehen, dass es in seinem Kopf arbeitet und ihm klar wird, sich wie ein Mistkerl verhalten zu haben.

„Nein", lässt er meine Vorwürfe nicht gelten. „Nicht eine Sekunde lang habe ich solche Absichten verfolgt."

„Und doch bist du vorgegangen wie ein Ladykiller im Gewand eines gut geschulten Psychologen, der sich alle Mühe gegeben hat, die

Nuss zuvor zu knacken, um leichter an den Inhalt heranzukommen."

Er richtet sich auf und fährt sich nervös über Mund und Nase, dabei gibt er sich einen Augenblick Zeit, sich der umgeschlagenen Stimmung zu stellen.

Ich nutze diesen Moment der Stille und stehe auf. Tobias macht es mir gleich und tritt auf mich zu, aber ich mache einen Schritt zurück, als er nach mir greifen will.

„Also schön, Nina", beginnt er sein Plädoyer und steht mir verloren gegenüber.

„Wahrscheinlich hast du Recht und man könnte den Eindruck gewinnen, ich hätte es nur auf ein Schäferstündchen mit dir abgesehen." Er holt tief Luft und sucht nach weiteren Worten, aber es scheint ihm schwerzufallen, mir eine vernünftige Erklärung für sein Verhalten zu liefern. „Und verflucht noch mal, ich kann nicht abstreiten, dass ich es mir wünsche. Ich will es, Nina, mein Gott, ja! Doch ich bin nicht mit dem Vorsatz hier aufgeschlagen, dich gefechtsunfähig zu machen, um mich dir zu bemächtigen. Es tut mir leid, dass du es so missverstehst. Ich wollte dir helfen, deine Vergangenheit aufzuarbeiten …"

„Aber darum habe ich dich nicht gebeten!", mache ich ihm lautstark klar und unterbreche ihn erbost. „Warum tust du so etwas?"

„Weil du mir wichtig bist, Nina", zieht er die Gefühlskarte.

„So wichtig, dass du sogar bereit wärst, mir Steine in den Weg zu legen, wenn ich bei dir kündige?", erinnere ich ihn an seine Drohung.

„Meine Güte, nein. Es war falsch, das hätte ich nicht sagen dürfen. Bitte entschuldige diese dumme Bemerkung."

„Ich weiß nicht, was ich denken soll", gebe ich ihm zu verstehen, dass ich ihm misstraue.

„Oh Mann", stößt er aus und setzt sich auf den Bettrand. Dabei umfasst er seinen Nacken und lässt den Kopf Richtung Boden hängen.

Ich beobachte ihn stumm und staune, welche Hilflosigkeit er ausstrahlt. Bisher machte er immer einen souveränen Eindruck auf mich, wirkte wie ein Mann, der alles im Griff hat und stets für jedes Problem eine Antwort bereithält.

„Ich hab wohl alles falsch gemacht", wird ihm sein Fehlverhalten bewusst.

„Vielleicht gehst du jetzt besser", kommentiere ich seine Selbsterkenntnis nicht. „Und bitte nimm meine Kündigung mit. Ich werde sie nicht zurücknehmen."

Er hebt seinen Kopf an, um mich anzusehen, und lächelt traurig.

„Wow, Nina", bemerkt er mit einem anerkennenden Blick, „du magst ja eine schwierige Kindheit durchlebt haben, aber aus dir ist trotzdem eine verdammt starke Frau geworden. Du weißt, was du willst, und geigst sturen Kerlen wie mir gehörig die Meinung. Ich habe deinen Argumenten nichts entgegenzusetzen. Alles, was du mir vorwirfst, ist plausibel."

Er reibt sich über die Oberschenkel und steht auf.

„Dann werde ich mal", fügt er an und wirft mir einen beschwörenden Blick zu, ihn aufzuhalten – es mir anders zu überlegen. Doch ich habe meine Entscheidung getroffen, wünsche mir nur noch, dass er geht, damit mein aufgewühltes Innenleben zur Ruhe finden kann. Womöglich sehe ich alles in ein paar Tagen mit anderen Augen. Jetzt jedoch benötige ich Frieden, damit sich die Wogen wieder glätten können.

11

Zwei Wochen sind mittlerweile vergangen, in denen ich meine Energie hauptsächlich ins Café gesteckt habe. Unseren defekten Lieferwagen fuhr ich in die Werkstatt, doch eine Reparatur ist nicht mehr möglich – lohnt sich angesichts des hohen Alters nicht mehr. Somit gebührt mir weiterhin der Part, mich um die Einkäufe zu kümmern oder Lebensmittelspenden mit meinem Auto abzuholen. Willi, unser Fahrer, unterstützt mich mit seinem Privatwagen so gut er kann. Aber auf Dauer ist das keine Lösung, benötigen wir schlichtweg ein Fahrzeug mit größerem Stauraum.

Ich habe mich so sehr in meine Aufgaben gestürzt, dass ich tagsüber kaum Gelegenheiten finde, an Tobias zu denken. Sobald ich jedoch alleine zu Hause bin, springt die Grübelmaschine an und ich frage mich, weshalb er mir nicht mehr aus dem Kopf geht. Vielleicht hatte Marie Recht und ich bin verliebt. Genau beurteilen kann ich es nicht, weil meine bisherigen Beziehungen von kurzer Dauer waren und mir wenig bedeutet haben. Ich hätte es herausfinden und mich Tobias einfach hingeben können. Immerhin begehre ich ihn nicht weniger als er mich. Zu dieser Erkenntnis bin ich inzwischen gelangt. Bloß was wäre danach passiert? Hätte ich möglicherweise Gefühle für ihn entdeckt, während er sich nach dem Sex abwendet und nach der nächsten weiblichen Gelegenheit Ausschau hält?

Dass er in der Lage ist, meine Gefühlswelt kräftig durcheinanderzuwirbeln, hat er nicht nur einmal unter Beweis gestellt. Er schafft es wie kein anderer, meinen Panzer zu durchbohren und mir Wahrheiten vor Augen zu führen, die ich nicht an mich rankommen lasse. Und nun, vierzehn Tage später, ist mir ein Licht aufgegangen, erkenne ich, dass er Recht hatte, ich mich meiner Vergangenheit stellen muss. Mein jahrelanges Schweigen in dieser Angelegenheit hat mir geschadet und es war gut, darüber zu reden. Hätte er nicht gewaltsam meine Schale durchbrochen, wäre ich freiwillig nie bereit gewesen, mich zu öffnen. Er hat nichts falsch gemacht – jedenfalls nicht in dieser Hinsicht. Es hat mir geholfen – und dafür bin ich ihm dankbar.

Ich stehe mit Heike in der Küche im Café Nächstenliebe und räume auf, während Sven, Marie und Kathrin am Stammtisch sitzen und sich unterhalten.

„Und hast du Tobias seit eurer letzten Begegnung noch mal gesprochen?", fragt mich Heike, als wir gemeinsam den Geschirrspüler ausräumen.

„Nein, habe ich nicht", antworte ich zaghaft, da ich mir unsicher bin, ob ich über ihn reden möchte.

„Wie geht's dir damit?", beabsichtigt sie, mehr von mir zu erfahren.

„Gut", lüge ich sie an, dabei habe ich mich lange nicht mehr so schlecht gefühlt. „Nur meine Arbeit bei Kronberg fehlt mir."

„Du könntest dort jederzeit wieder anfangen, Nina. Er wollte doch gar nicht, dass du gehst", erinnert mich Heike, die Entscheidung zu kündigen, selbst getroffen zu haben. „Warum sprichst du nicht mit ihm?"

„So ist es besser", bin ich mir im Klaren, das Gegenteil zu denken.

„Für wen?", lässt sie nicht locker. „Du musst ja nicht mit ihm schlafen, nur für ihn arbeiten."

„Aber vielleicht will ich beides, Heike", rücke ich mit einer Wahrheit heraus, die mich zweifellos überrascht.

Meine Freundin sieht mich an als hätte ich Japanisch gesprochen.

„Das verstehe ich jetzt nicht", kann sie mir nicht folgen.

„Ich auch nicht", fällt mir nichts Besseres dazu ein.

„Gelegenheiten gab es doch genug", sind ihr meine Berichte gut in Erinnerung.

„Es war aber nie der richtige Moment", helfe ich ihrem Gedächtnis auf die Sprünge. „Außerdem bin ich selbst gerade verwundert, dass ich so denke."

Heike lacht und wischt mit dem Lappen über die Arbeitsfläche.

„Du bist verknallt", ist sie sicher, über mich Bescheid zu wissen.

„Nein, bin ich nicht", streite ich es ab.

„Nina, fahr zu ihm und finde heraus, was er für dich fühlt."

„Das weiß ich bereits. Er will mich flachlegen", drücke ich mich frivol aus.

Heike wirft den Lappen in die Spüle und wendet sich mir zu.

„Und da bist du dir sicher?", fragt sie zweifelnd und verschränkt ihre Arme. „Er hat dich zu seiner rechten Hand machen wollen, in neue Kleider gesteckt, mit Fabrice Bellamy bekannt gemacht und deine Kündigung verhindern wollen. Würdest du dir so viel Mühe machen, wenn du lediglich auf eines aus bist?"

„Wohl eher nicht", staune ich über ihre Klarsicht und ziehe an meinen langen Locken. Es hat den Anschein, dass jeder in meinem Umfeld über gute Menschenkenntnisse verfügt. Bloß ich weise gehörige Defizite in dieser Sache auf. „Aber er hat nicht nur einmal zugegeben, genau *das* von mir zu wollen. Und sobald wir uns geküsst haben, ist er vorangeprescht wie ein D-Zug."

„Natürlich, Nina, du bist ja auch ein steiler Zahn", kichert sie wie ein Schulmädchen und lehnt sich gegen den Unterschrank. „Der arme Kerl ist dir wahrscheinlich so verfallen, dass es ihn seine gesamte Beherrschung kostet, dich nicht aufzufressen."

„Du bist doof", sage ich und bewerfe sie mit dem Küchenhandtuch. Sie schnappt sich den feuchten Lappen und schlägt damit nach mir, während ich mich vor Lachen krümme.

„Entschuldigung, aber ich würde gerne meine Spende abgeben", höre ich eine Stimme hinter mir sagen und drehe mich – immer noch grinsend – um.

„Tobias!", kann ich nicht fassen, ihn hier zu sehen, und wische mir die Wassertropfen aus dem Gesicht.

„Man hat mir gesagt, dass ich dich in der Küche finde", erklärt er sein Vordringen in diesen Bereich.

„Dann werde ich mal zu den anderen gehen", gibt Heike zu verstehen, sich aus dem Staub zu machen, und schmunzelt vor sich hin.

„Ich wollte nicht stören", zeigt sich Tobias zurückhaltend.

„Nö, keine Angst", entgegnet meine Freundin amüsiert, „wir waren gerade mit Rumblödeln fertig."

Sie greift nach ihrem Smartphone, das auf dem Küchenschrank liegt, und verlässt fröhlich pfeifend die Küche.

Nun stehe ich Tobias schweigend gegenüber und überlege, wie ich meine anwachsende Nervosität drosseln kann.

„Du siehst gut aus", macht er den Anfang mit einem Kompliment.

„Danke", erwidere ich verlegen und räuspere mich, „du auch. Jeans stehen dir, solltest du öfter mal tragen."

Er lächelt und zieht einen Autoschlüssel aus der Hosentasche.

„Ich habe gehört, dass euch ein Lieferfahrzeug fehlt", ist er offenbar informiert. „Vor dem Café parkt ein weißer Transporter. Den möchte ich euch gern zur Verfügung stellen."

„Du willst uns ein Auto schenken?", haut mich sein Angebot um.

„Na ja … ,spenden' ist wohl die richtige Bezeichnung. Ich dachte, ihr würdet es brauchen."

„Ja, schon … aber das können wir doch nicht annehmen", bin ich mir nicht sicher, wie ich seine Geste einordnen soll.

Er lacht und legt den Schlüssel und die Papiere auf der Arbeitsfläche ab.

„Nicht mal, wenn es ums Café geht, gelingt es dir, deine Bescheidenheit zu überwinden. Es ist in Ordnung, Nina, ich mache das gern."

„Aber warum?", bin ich noch nicht überzeugt. Für einen Mann, der bloß Sex will, legt er sich mächtig ins Zeug. Andererseits bezahlt er ein Auto aus der Portokasse.

„Ich finde es bewundernswert, was ihr leistet", lenkt er den Fokus auf unsere Arbeit. „Das möchte ich unterstützen."

„Danke", habe ich entschieden, das Geschenk anzunehmen. „Das ist sehr großzügig von dir."

Er stützt sich mit beiden Händen auf die Arbeitsfläche und richtet seinen Blick schmunzelnd nach unten.

„Diese Worte höre ich gern aus deinem Mund", sagt er voller Wärme und Zärtlichkeit in der Stimme. „Großzügigkeit stand auf meiner Tugendliste in der Vergangenheit nicht direkt an erster Stelle." Er spielt mit dem Schlüssel vor sich, vermeidet aber, mich anzusehen. „Du hast etwas in mir verändert, Nina. Keine Ahnung, wieso, aber seitdem ich dich kenne, erwarte ich mehr vom Leben." Endlich schaut er auf, sodass ich seine schönen braunen Augen sehen kann. „Danke dafür."

Ich will etwas erwidern, hole Luft, um ihm klarzumachen, dass mir seine Worte ein Rätsel sind. Aber er hebt seinen Arm, möchte das Gesagte so stehen lassen. „Schon okay, ich werde jetzt gehen."

„Ich begleite dich zur Tür", entscheide ich und setze mich in Bewegung. Gemeinsam gehen wir durchs Café, vorbei an einigen Gästen, bis wir am Stammtisch ankommen und Ecki uns aufhält.

„Willste uns deinen Freund nich mal vorstellen?", versperrt er uns den Weg und bringt meine Ohren zum Glühen.

Heike grient am Tisch vor sich hin und Sven wirkt, als wollte er Tobias anspringen. Marie und Kathrin blicken neugierig auf meinen Ex-Chef und warten darauf, dass ich was sage.

„Das ist Tobias", bemerke ich zögernd und hoffe, dass Sven sich ihn nicht vorknöpft. Er hatte damit gedroht, ihm eine Abreibung zu verpassen, sollte er sich jemals hier blicken lassen. „Er hat uns einen neuen Lieferwagen vorbeigebracht", füge ich schnell an, als ich Svens grimmiges Gesicht sehe.

„Das ist ja toll!", freut sich Marie und erhebt sich von ihrem Stuhl. Sie tritt auf Tobias zu und schließt ihn in ihre Arme. „Schön, dass wir dich mal kennenlernen. Ich bin Marie."

Er will gerade antworten, als Kathrin auf ihn zustürmt und sich ihm ebenfalls vorstellt.

„Wir sprechen uns hier alle mit dem Vornamen an", sagt sie und küsst ihn auf die Wange. „Ich hoffe, das ist okay für dich."

„Ja, klar", kann er immerhin erwidern, bevor Ecki sich dazwischendrängt.

„Hör mal, Tobi", hat er für ihn schon einen Kosenamen gefunden, „dit Beste is, du setzt dich mal 'ne Runde zu uns an den Tisch, damit die Mädels dich abklopfen können."

Er rückt einen Stuhl zurecht und bietet ihn Tobias an.

„Ich möchte mich aber nicht aufdrängen", zeigt er Fingerspitzengefühl.

„Nee, nee, dit tuste nich, Tobi. Wat meenste wohl, wie scharf die alle daruff sind, dich kennenzulernen. Du hast unserm Ninchen 'nen ganz paar Sorgenfalten verpasst. Seitdem biste hier 'n Star.

Hat nämlich noch keen andrer jeschafft. Setz dich."

„Ja, bitte", bestätigt Heike, dass er willkommen ist.

„Na gut, wenn das so ist, gerne. Das heißt, wenn du nichts dagegen hast", will er sich zuvor mein Einverständnis einholen.

„Äh ...", gelingt es mir, einen Satz zu beginnen, bevor mich Ecki unterbricht.

„Dit is nich Ninchens Entscheidung, Junge, sondern unsre. Setz dich", wiederholt er seine Aufforderung.

Er weist mit der Hand zum Stuhl, auf den sich Tobias fügsam setzt. Ecki nimmt neben ihm Platz und gibt mir ein Zeichen, das Gleiche zu tun. Also leiste auch ich seinen Befehlen Folge und fürchte mich vor dem Ungewissen. Was werden meine Freunde mit Tobias anstellen? Haben sie einen Plan ausgeheckt?

„Wie sieht denn unser neuer Wagen aus?", fragt Marie unschuldig, als wollte sie nicht sofort mit der Tür ins Haus fallen.

„Weiß und groß", antwortet Tobias ausgelassen. Er ahnt wohl nicht, dass ihm ein längeres Verhör bevorsteht. „Damit lässt sich ein Haufen Lebensmittel transportieren."

„Super!", sagt Heike. „Das war wirklich nötig. Ninas alte Gurke schafft es kaum einen Berg hoch."

„Immerhin hat es mich noch nie im Stich gelassen", nehme ich mein Auto in Schutz.

„Reine Glückssache", mischt sich Sven ein und scheint entschieden zu haben, sein Schweigen zu beenden. Er wendet sich an Tobias und macht dabei ein verkniffenes Gesicht. „Vielleicht schenkst du ihr ebenfalls ein Auto. Sollte ja kein Problem für dich sein."

Ich erstarre nach dieser Bemerkung, auch die Mädels wirken entrüstet von Svens unhöflichem Seitenhieb.

„Deine Eifersucht musste aber besser im Griff haben, Sven", gibt Ecki zurück, während Tobias sich nachdenklich übers Kinn reibt. „Du bist ’n jut verdienender Koch. Kannst dem Ninchen doch selbst ’n Auto schenken, wenn du meenst, dass sie eens braucht."

„Ja, mal schauen, was deine Frau dazu sagen würde", steigt Heike mit ein und sorgt für Gelächter unter den Mädels.

„Ich vermute mal, sie frisst ihm die Haare vom Kopf", kichert Kathrin und gleitet mit der Hand über Svens kahl rasierten Kopf. „Darum ist Ebbe auf seinem Konto und für Nina wäre nicht mal ein Modellauto drin."

Das Gegacker wird lauter und auch Tobias lässt sich durch die entschärfte Stimmung zu einem Lächeln verführen.

„Tja", ist Marie an der Reihe, „der eine kann’s halt und der andere eben nicht."

Sven schüttelt grinsend den Kopf und gibt sich der weiblichen Übermacht geschlagen.

„Ja, ja", ist er geläutert, „ihr habt gewonnen. – Sorry, Tobi", spricht er Tobias erneut an und beweist Größe, seinen Fehler einzusehen. „Manchmal gehen die Pferde etwas mit mir durch. – Aber ich bin nicht eifersüchtig", richtet er seinen letzten Satz an die Runde.

„Nö, aber womöglich ein bisschen neidisch", stichelt Heike weiter. „Männer vergleichen ihr Spielzeug ja gern mit dem eines anderen und fragen sich, welches größer ist."

„Meinst du jetzt das Spielzeug in der Hose oder redest du vom Ego?", fragt Kathrin und bringt die Mädels wieder zum Kichern.

Ich fasse mir an die Stirn und möchte am liebsten in einem Erdloch verschwinden. Leider tut sich gerade keines auf. Tobias hingegen hat sich entspannt und wirkt, als würde er die lockere Ausgelassenheit der Frauen genießen. Offenbar sind ihm die Zweideutigkeiten überhaupt nicht unangenehm.

„Also, meene Damen, verjesst nich, dass ihr mit drei jut erzogenen Männern am Tisch sitzt", erinnert Ecki die Mädels daran, nicht unter sich zu sein. „Wat soll denn unser Jast über euch denken?"

„Nur keine falsche Scham", beruhigt Tobias die Anwesenden und macht klar, nicht abgeschreckt zu sein. „Ich finde diese Plauderei sehr amüsant."

„Glob mir, Tobi", sagt Ecki und klopft seinem Sitznachbarn auf die Schulter. „Wennse dich erst mal ins Visier nehmen, findste jar nüscht mehr amüsant. Unser Sven hat sein Lehrjeld schon bezahlen müssen – nich nur eenmal. Die Mädchen sind gnadenlos."

„Nun mach Tobias mal keine Angst", hängt sich Marie dazwischen.

„Ich denke, Nina hat mehr Angst als er", erkennt Sven meine Lage und legt seinen Arm auf meiner Stuhllehne ab, um mir über den Rücken zu tätscheln. „Sie fürchtet sich davor, dass ihr sie blamiert."

„Ach iwo", widerspricht Heike, „sie ist Kummer mit uns gewohnt." Sie sucht meinen Blick, den ich aber nicht erwidere. Lieber zähle ich die Maserungen der Laminatleisten und gebe mich abwesend. „Weißt du, Tobi", wählt sie nun wie Ecki und Sven die Abkürzung seines Namens und bindet ihn ins Gespräch mit ein, „Nina ist nämlich beizeiten ein wenig steif und versteht nicht viel von schlüpfrigen Witzen. Manchmal könnte man meinen, sie wäre aus besserem Hause. Vielleicht verschweigt sie uns ja was", sagt sie grienend, ohne zu ahnen, wie nah sie sich an der Wahrheit befindet.

„In den sogenannten besseren Kreisen werden die gleichen Töne angeschlagen", gibt Tobias einen Einblick in seine Welt. „Ich sehe keine Unterschiede und finde sogar, dass ein bisschen Lockerheit nie schaden kann."

„Dann sind wir dir nicht zu einfach ge-strickt?", fragt Kathrin und macht somit deutlich, gut über seinen Status informiert zu sein.

„Ich wüsste nicht, warum", zeigt sich Tobias verwundert. „Es ist schön, Ninas Freunde ken-nenzulernen."

„Und was liegt dir an Nina?", fällt Sven mit der Tür ins Haus und setzt sich in eine aufrechte Position. Zweifellos will er sich für ein neues Ge-fecht bereitmachen.

„Sven!", tadelt ihn Marie, still zu sein.

„Sven!", schlägt Kathrin in die gleiche Kerbe.

„Was soll das, Sven?", fällt mir eben auf, auch noch da zu sein.

„Ich mag sie", drückt sich Tobias schwammig aus und stellt Sven mit seiner Antwort nicht zu-frieden.

„Du magst sie, weil du ernstere Absichten ver-folgst oder weil du sie vögeln willst?", überspannt er den Bogen und sorgt für Raunen und Kopf-schütteln in der Runde.

„Sag mir, falls ich mich irre", entgegnet Tobias, „aber ich schätze, dass *du* sie vögeln willst, dir aber deine Ehe im Weg steht." Er lehnt sich vor und scheint bereit, sich der Konfrontation zu stel-len.

Plötzlich verstummen alle Anwesenden und warten auf den Showdown. Ich würde gerne et-was dazu sagen, immerhin geht es gerade um mich. Aber aufgrund meiner gewalttätigen Ver-gangenheit fürchte ich mich davor, zwischen die

Fronten zu geraten. Tobias sitzt links von mir, Sven rechts. So gesehen befinde ich mich mitten auf dem Schlachtfeld.

„Ich würde sie jedenfalls nicht ausnutzen", streitet Sven die Unterstellungen seines Kontrahenten nicht ab und erweckt damit den Verdacht, heimlich in mich verliebt zu sein.

„Das finde ich sehr löblich von dir", bemerkt Tobias und erhebt sich von seinem Stuhl. „Danke für die Gastfreundschaft", wendet er sich an die anderen. „Aber mir scheint, als hätte ich diese bereits überstrapaziert."

Er begibt sich zum Ausgang, was mich aus meiner Tatenlosigkeit erwachen lässt. Ich springe auf und folge ihm nach draußen.

„Tut mir leid, Tobias", entschuldige ich mich für Sven. „Ich weiß nicht, was mit ihm los ist. So hat er sich noch nie aufgeführt."

Tobias erwidert nichts und zieht sein Smartphone hervor. Er tippt eine Nummer ein und bestellt sich ein Taxi.

„Nimm das bitte nicht persönlich", versuche ich es erneut, nachdem er sein Gespräch beendet hat.

„Ich nehme nichts persönlich", erklärt er mir, auf dem Holzweg zu sein.

„Und warum hast du es dann so eilig, von hier wegzukommen?"

„In einer halben Stunde habe ich einen Termin", behauptet er und weiß genau, wie unglaubwürdig das klingt.

„Und das ist dir eingefallen, als Sven dich an-gegriffen hat?", zeige ich ihm, nicht überzeugt zu sein.

„Das ist mir eingefallen, als mir klar wurde, dass du schon einen Beschützer hast."

Ich starre ihn fragend an und bemühe mich, seine verwirrenden Aussagen logisch werden zu lassen. Doch in Sachfragen der Menschenkenntnis bin und bleibe ich ein Laie.

„Ich brauche keinen Beschützer, Tobias", stelle ich klar und finde sein Verhalten irritierend.

„Meine Güte, Nina", sagt er und wirkt bei-nahe genervt, so als könnte er nicht verstehen, dass ich anderer Meinung bin als er. „Du hast echt keinen Durchblick", kränkt er mich mit dieser Äu-ßerung. „Jeder Mann, der dir begegnet, will genau das: dich beschützen! Mag ja sein, dass du gelernt hast, dich in den entscheidenden Momenten durchzusetzen. Trotzdem wirkst du oft verletz-lich und verloren. Das ruft zwei verschiedene Sor-ten von Kerlen auf den Plan: die einen, die dich vor allem Schlechten in der Welt bewahren wol-len, und die anderen, die in dir ein leichtes Opfer vermuten und auf eine schnelle Nummer aus sind."

Das Taxi rollt an und hält direkt neben uns.

„Wahrscheinlich liegt Sven richtig, Nina, und ich wollte dich bloß vögeln. Keine Ahnung."

Er öffnet die hintere Tür und steigt ein. Wäh-rend er sie zuzieht, werden meine Augen feucht und ich blicke durch die Scheibe auf sein ver-schwommenes Profil. Er bewegt seine Lippen, gibt dem Fahrer wohl die Adresse durch und wendet sich mir danach zu – schenkt mir einen letzten Blick, bevor das Taxi anfährt.

12

Eine Woche ist vergangen – voller Katzenjammer und Selbstzweifel. Die Geschehnisse an jenem Abend im Café haben mich veranlasst, mich selbst zu überprüfen und mich zu fragen, wer ich bin und wohin ich möchte.

Mir schwant, dass ich vieles falsch gemacht habe in meinem Leben und es unentschuldbar ist, meine Freunde über meine Vergangenheit belogen zu haben. Allen voran meine beste Freundin Heike, die ich all die Jahre habe glauben lassen, keine Eltern mehr zu haben und in ärmlichen Verhältnissen aufgewachsen zu sein. Auch wenn meine Lüge die Realität auf groteske Weise widerspiegelt, ist sie trotzdem eine Lüge.

Tobias hat mir die Augen geöffnet, mir verdeutlicht, wie wichtig es ist, den Schmerz mit anderen zu teilen. Vor seinen Problemen und Ängsten davonzulaufen, ist keine Lösung. Ich bin aufgewacht, nachdem er mich ins kalte Wasser gestoßen hat. Und obwohl er wie ein Rowdy vorgegangen ist – scheinbar gnadenlos und radikal – war er meinen Freunden gegenüber verschwiegen, hat kein Sterbenswörtchen über mein Vorleben verloren. Als Heike sich vor allen fragte, weshalb ich gelegentlich den Eindruck erwecke, aus besserem Hause zu sein, behielt er seine Informationen über mich unter Verschluss. Er ließ sich nicht anmerken, mehr über mich zu wissen, überließ mir die Entscheidung, was ich preisgebe und was nicht.

Erst jetzt ist mir aufgefallen, dass er ein sensibler Mann mit Feingefühl ist, der es versteht, sich in den entscheidenden Momenten zurückzunehmen. Sven ist ihm auf die Füße getreten, überschritt eine Grenze, als er ihn provozierte und in den Ring drängen wollte. Doch Tobias blieb gelassen – jedenfalls äußerlich. Mit einem kurzen Konter verließ er die Arena und warf eine Menge Fragen auf – bei mir und bei den anderen.

Was ihn dazu bewogen hat, das Feld zu räumen, bleibt ein ungelüftetes Geheimnis, das er mitgenommen hat. Seine letzte Bemerkung, bevor er ins Taxi stieg, er hätte nur mit mir schlafen wollen, passt nicht zum Rest seines Verhaltens. Oder vielleicht nur zu gut?

Ich kann das Gesagte nicht einordnen, dazu fehlt mir die nötige Erfahrung, menschliche Charakterzüge richtig zu analysieren. An mir ist gewiss keine Psychologin verloren gegangen. Umso mehr bin ich getroffen von seinem gefühlskalten Abgang, der mir seit Tagen die Fröhlichkeit raubt. Die Gedanken an ihn lähmen meinen Alltag und machen mir bewusst, wie schwächlich ich in Wahrheit bin. Er hat womöglich Recht, dass ich auf andere so wirke wie ein verlorenes Schaf, das beschützt werden muss. Die einen wollen sich mir annehmen und die anderen meine augenscheinliche Schwäche ausnutzen. Ich werde an mir arbeiten müssen und meine charakterlichen Defizite ausräumen – falls das jemals möglich ist.

Mit meinen guten Vorsätzen im Gepäck entschied ich, Heike die Wahrheit über meine Eltern zu erzählen. Sie hatte es verdient, von meinen jahrelang gehüteten Geheimnissen zu erfahren, denn sie war stets eine gute Freundin – war immer für mich da. Ich schämte mich dafür, ausgerechnet sie belogen zu haben, und umso mehr fürchtete ich mich deshalb vor ihrer nicht einzuschätzenden Reaktion.

„Herrje, Nina", waren ihre ersten Worte, nachdem sie mir lange aufmerksam zugehört hatte, „das hast du all die Jahre mit dir herumgetragen und niemanden eingeweiht?"

„Es tut mir so leid, Heike, ich wollte es dir immer erzählen", klopfte mir mein Herz bis zum Hals, weil ich fürchtete, sie enttäuscht zu haben, „aber ich war blockiert wie ein verstopfter Abfluss."

„Und Tobias hat diese Blockade durchbrochen?", setzte sie die Puzzleteile richtig zusammen.

„Gewaltvoll und ohne Gnade", bestätigte ich ihre Nachfrage.

„Das war dann wohl nötig, nehme ich an", stellte sie richtig fest. „Hätte er nicht mit dem Vorschlaghammer auf dich eingewirkt, wärst du doch nach wie vor nicht in der Lage gewesen, mir von deinen furchtbaren Kindheitserlebnissen zu berichten."

„Sorry", sagte ich verlegen und fühlte mich scheußlich, sie die ganze Zeit im Unklaren gelassen zu haben.

„Hör auf, dich zu entschuldigen, Nina", verlangte sie und stürzte auf mich zu, um mich zu umarmen. „Glaubst du denn wirklich, ich könnte dir deswegen böse sein? Ich bin nur froh, dass du es mir jetzt erzählt hast. Alles andere spielt keine Rolle."

Wir redeten noch lange an jenem Abend, an dem ich ihr von der Gewalt und Hilflosigkeit berichtete, die ich als Kind erfahren musste. Wenn ich gewusst hätte, wie ungeheuer erleichternd solch ein Gespräch für mich sein könnte … vielleicht hätte ich mich eher jemandem anvertraut.

Endlich – nachdem ich jahrelang geschwiegen habe – wissen es nun auch meine Freunde im Café. Niemals mehr möchte ich eine schwere Last alleine tragen müssen. Ich habe beschlossen, offen und aufrichtig zu sein, den Menschen, die mich lieben, zu vertrauen. Und mit jedem Mal wird es leichter, darüber zu reden – fühle ich mich ein Stückchen freier.

Heute ist Samstagabend und das Café brechend voll. Für gewöhnlich schließen wir um achtzehn Uhr, denn wir Mädels brauchen auch mal Pause. Doch aufgrund der guten Stimmung und weil wir heute vollzählig sind, haben wir spontan entschieden, länger für unsere Gäste da zu sein.

Der Stammtisch ist ebenfalls bis auf den letzten Platz besetzt. Neben Kathrin, Marie und Heike haben sich auch Rosa und Dr. Wittig nebst Ecki in der großen Runde eingefunden. Während sie ausgelassen plaudern, hilft mir Sven dabei, die übrigen Gäste mit Getränken und Essen zu versorgen. Rosa hat uns heute einen großen Topf Suppe gekocht, die wir an hungrige, durchgefrorene Gäste verteilen.

„Übrigens, Nina", spricht mich Sven an, als wir einen Augenblick verschnaufen, „dein Tobi ist in Ordnung. Ich hab mich voll daneben benommen, sorry."

„Er ist nicht mein Tobi, Sven", korrigiere ich ihn. „Ich habe nichts mehr von ihm gehört, und das ist wahrscheinlich besser so."

„Das tut mir leid", zeigt er sich betroffen. „Etwa meinetwegen?"

„Wohl eher meinetwegen", beruhige ich ihn und lächle ihn an. „Obwohl er tief beeindruckt von deinem Beschützerinstinkt war."

„Hör mal, Süße, versteh das bitte nicht falsch", sagt Sven und legt seinen Arm um meine Schultern, „du bist ein klasse Mädchen und viel zu gut für diese Welt. Deswegen läufst du Gefahr, auf die falschen Typen reinzufallen, und ich habe bloß ein Auge auf dich – passe ein bisschen auf dich auf. Ich gebe zu, ich könnte mir mehr vorstellen, wäre ich nicht glücklich verheiratet. Aber das ist reine Theorie – nichts weiter. Ich will nur, dass du glücklich bist, okay?"

„Danke, Sven, aber das bin ich", mache ich klar.

„Und wieso sprichst du dann nicht mit Tobi und erklärst ihm, dass dein Kumpel Sven ein dämlicher Ochse ist?"

Ich muss lachen und lege meine Arme um seinen Hals.

„Red nicht so ein dummes Zeug, sonst verknalle ich mich noch in dich", sage ich und drücke ihm einen Kuss auf die Wange.

Svens Hände umfassen meine Hüften und halten mich fest.

„Das würde mir gefallen", gibt er zu und offenbart seine unterdrückten Gefühle.

„Ach ja?", frage ich und bemühe mich, gelassen zu klingen.

„Ups …!", bemerkt er und sieht mich an, als würde er an mir naschen wollen. „Habe ich das gerade gesagt?"

„Äh … ja", gebe ich zurück.

„Kleiner Ausrutscher, verzeih! Ich bin eben auch nur ein Mann."

„Ja, in der Tat", bestätige ich grinsend. „Langsam glaube ich, ihr Kerle seid alle gleich. Wir Frauen sollten zum Gegenschlag ausholen und *euch* zur Abwechslung mal ausnutzen."

„Oh ja, bitte fang mit mir an", bettelt Sven und bringt mich zum Kichern.

„Nina?", höre ich eine weibliche Stimme nach mir fragen. Ich löse mich von Sven und drehe mich um. Erschaudert blicke ich auf meine Mutter, die in ihrem Kostüm und dem passenden Cashmere-Mantel in diesen Räumlichkeiten wie eine Fehlbesetzung aussieht.

„Mutter!", stoße ich aus, bevor ich wieder verstumme.

Sie drückt ihre teure Markentasche an sich, als laufe sie Gefahr, jeden Moment bestohlen zu werden. Ihr aufdringlicher Parfümduft breitet sich aus wie die Abgase eines Industrieschlotes und vergiftet die Umgebung.

„Willst du mir deinen Freund nicht mal vorstellen?", fragt sie allen Ernstes und übergeht das feine Detail, sich niemals muttermäßig verhalten zu haben. Also braucht sie jetzt nicht damit anzufangen.

„Nein", entgegne ich deshalb und würde sie am liebsten vor die Tür setzen. Doch dies ist eine Begegnungsstätte für alle, auch wenn meine Mutter hier wirkt wie eine Champagnerflasche im Bierregal.

„Wenn Sie gekommen sind, um Nina das Leben erneut zur Hölle zu machen, können Sie gleich wieder gehen", nimmt Sven kein Blatt vor den Mund und gibt ihr zu verstehen, über ihre Verfehlungen im Bilde zu sein.

„Ach Gott, junger Mann, das ist doch kein Grund, gleich unhöflich zu werden", erwidert sie pikiert.

„Warum bist du hier, Mutter?", frage ich und habe nicht vor, mehr als nötig mit ihr zu reden.

„Also schön, dann lassen wir das Geplänkel und kommen gleich zum Wesentlichen", ist sie gern bereit, das Thema zu wechseln. „Dein Vater ist gestorben", teilt sie mir mit und zieht ein Taschentuch hervor, um damit ihre Nase zu betupfen.

„Ja, vor über zwei Jahrzehnten", tue ich so, als wüsste ich nicht, auf wen sie anspielt.

„Kind, sei nicht albern", gibt sie sich verständnislos. „Du weißt genau, dass ich von deinem Stiefvater rede."

„Wenn du gekommen bist, um mir das zu sagen, hättest du dir den Weg sparen können", gebe ich ihr zu verstehen. „Das interessiert mich nicht."

Sie wagt sich ein paar Schritte näher und sieht sich dabei um, als befände sie sich auf feindlichem Terrain.

„Die Firma Klingbach braucht Unterstützung ... *ich* brauche Unterstützung. Ich schaffe das nicht allein, Nina. Du musst mir helfen."

Ich starre sie an, als wäre sie eine Besucherin vom Mars. Das kann sie unmöglich ernst meinen.

„Hast du was getrunken?", fällt mir dazu keine andere Antwort ein. „Wieso sollte ich für dich arbeiten wollen? Und wie kommst du darauf, ich würde dir helfen?"

Sie verkürzt den Abstand zwischen uns um weitere Mäuseschritte, als wollte sie mir ihre folgenden Worte im Geheimen vortragen.

„Wir sind eine Familie, Nina, ob dir das nun gefällt oder nicht. Es geht auch um *dein* Erbe."

„Wie bitte?", kann ich nicht glauben, dass sie das gerade gesagt hat. Ich trete auf sie zu, sodass wir uns gefährlich nah gegenüberstehen. Ich bebe vor Wut und bemühe mich, den Drang, sie zu erwürgen, zu kontrollieren. Sven erkennt die bedrohliche Lage und begibt sich in Position für den Fall, dass er mich aufhalten muss. „**Du** bist nicht meine Familie!", sage ich mit einer ungeahnten Aggressivität in meiner Stimme und tippe mit meinem Zeigefinger gegen ihren Brustkorb. „Du bist die Frau, die mich geboren hat – nichts weiter!"

Sie schüttelt den Kopf und zeigt sich unbeeindruckt von meinen Worten.

„Hör doch auf, auf der Vergangenheit herumzureiten, Mädchen. Hier geht es nicht um deine Befindlichkeiten, sondern um weit Wichtigeres. Es stehen das Unternehmen und Arbeitsplätze auf dem Spiel und du kannst sie retten! Ich habe mich nie ums Geschäftliche gekümmert, deshalb fehlt mir der Überblick. Ich kann das einfach nicht!"

„Und mir traust du das zu?", bin ich für einen Moment fasziniert, dass sie mit der Vorstellung hierhergekommen ist, ich könnte ihr helfen und wäre auch noch bereit dazu.

„Ach, Mädchen", bemerkt sie und wagt es, mein Gesicht zu berühren. Ich zucke zusammen und versteife. „In dir steckt so viel ungenutztes Potenzial und du hast keine Ahnung davon." Ihre

Augen werden wässrig und sie streicht mit ihren kalten Fingern über meine Wange. „Wenn dein Stiefvater dich nicht so klein gehalten hätte, wärst du heute eine selbstbewusste, taffe Geschäftsfrau."

„Du hättest ihn aufhalten können", flüstere ich ihr meine Worte entgegen und lasse zu, dass sie beide Hände um mein Gesicht legt.

„Nein … ich war zu schwach … und du stark genug, dich gegen ihn zu wehren."

„Waaas?", traue ich meinen Ohren nicht und weiche zurück. „Hast du dir eigentlich gerade selber zugehört?" Ich pralle rückwärts gegen Sven, der meine Oberarme umfasst und mir somit zu Stabilität verhilft. „Ich war sieben, als er mich das erste Mal verprügelte. Sieben! Ein kleines, verängstigtes Kind, was deinen Schutz bedurfte."

Meine Mutter rollt mit den Augen und wischt sich ein paar Fussel vom Ärmel.

„Lassen wir doch die Vergangenheit ruhen, ja?", zeigt sie sich nicht interessiert an meinem früheren Leid, das sie mitzuverantworten hatte.

„Das wäre am bequemsten für dich, nicht wahr?", werfe ich ihr vor, sich mit ihren Missetaten als Mutter nicht auseinandersetzen zu wollen.

„Bist du nun an deinem Erbe interessiert oder nicht? Die Firma wird mal dir gehören."

„Ich pfeif auf die Firma und vor allem auf dich."

„Dann willst du also lieber weiterhin in diesem Dreck arbeiten?", fragt sie und zeigt auf die

Gäste, die sich am heutigen Abend hier eingefunden haben.

Mir stockt der Atem, als ich das höre, und mein Puls erhöht sich auf Überschallgeschwindigkeit. Niemand in unserem Land hat das Recht, diese Menschen zu verurteilen oder abschätzig über sie zu reden. Mit dieser Bemerkung ist sie eindeutig zu weit gegangen. Nun geht es nicht mehr allein um sie und mich, sondern um ihre verschrobene Weltanschauung, in der sie jeden verunglimpft, der es in ihren Augen zu nichts gebracht hat. Dabei war sie selbst nichts weiter als die Frau eines gut betuchten Mannes.

„Verschwinde!", fordere ich sie auf und zeige ihr mit der Hand, wo sich der Ausgang befindet.

„Vergeude ruhig dein Talent in dieser Absteige", hört sie nicht auf, mit den Beleidigungen fortzufahren. „Eines Tages wirst du wie diese Leute enden und bereuen, mein Angebot ausgeschlagen zu haben."

„RAUS JETZT!", schreie ich sie aus vollem Halse an und sorge somit dafür, dass es mucksmäuschenstill im Raum wird und sich die gesamte Aufmerksamkeit auf mich richtet.

„Tse", gibt sie als Letztes von sich, bevor sie sich endlich in Bewegung setzt und das Café verlässt.

13

Ich spaziere wie ein streunender Hund durch Hamburg Altona und weine mir die Augen aus. Meine Freunde versuchten, mich eine Stunde lang zu trösten. Wiederholt redeten sie im Café auf mich ein, wollten mich von der Bedeutungslosigkeit der Worte meiner Mutter überzeugen. Doch nichts von dem, was sie sagten, half mir über meinen Schmerz hinweg, den diese gefühlskalte Frau bei mir verursacht hat. Nun weiß ich, dass ich sie hasse, und ihr niemals wieder begegnen will!

Es ist kühl an diesem Herbstabend und ich laufe schon seit einer halben Stunde ohne Jacke ziellos durch mein Viertel. Als ich auf wundersame Weise an meinem Zuhause ankomme (war ich nicht eben erst vom Café aus losgelaufen?), stehe ich verloren auf dem Gehweg und starre Richtung Straße. Ich verstehe nicht, warum ich nicht einfach nach oben gehe. Da ist es warm und ein heißer Tee würde mir sicherlich gut tun. Aber ich bewege mich nicht und träume davon, Tobias würde hier plötzlich auftauchen und mich fest in seine Arme schließen. Er fehlt mir – jeden einzelnen vergangenen Tag habe ich an ihn gedacht. Irgendwie ist es ihm gelungen, neuartige Gefühle in mir zu erwecken, die ich bisher noch nicht erfahren habe. Ob sie gut oder schlecht für mich sind, kann ich in diesem Zustand nicht erkennen. Vielleicht habe ich mich in ihn verliebt oder aber ich möchte nur eines: mit ihm schlafen.

Ich sollte herausfinden, was ich will, doch bin ich mir nicht sicher, ob dies der richtige Zeitpunkt dafür ist. Die jüngsten Ereignisse haben meine Matrix durcheinandergebracht und es ist nicht auszuschließen, dass mein Urteilsvermögen gestört ist – ich deshalb kaum in der Lage bin, meine Gefühle auf den Prüfstand zu stellen.

Trotzdem scheine ich einen Entschluss gefasst zu haben, denn ich bewege mich auf mein Auto zu. Beabsichtige ich etwa um diese Uhrzeit zu ihm zu fahren und ihn mit meinem unerwarteten Auftauchen zu überrollen? Was ist, wenn er mich längst abgeschrieben hat? Das muss ich in Betracht ziehen, immerhin hat er mir gestanden, lediglich an einer kurzen Affäre interessiert gewesen zu sein. Ich könnte mich bis auf die Knochen blamieren, wenn er nicht alleine ist – falls er bereits an der nächsten Süßigkeit nascht.

Ich werfe alle Bedenken über Bord. Es zählt nur eines: dass ich ihn jetzt und sofort brauche. Er hat den Stein ins Rollen gebracht – mir empfohlen, mich mit den Schatten meiner Vergangenheit auseinanderzusetzen. Und nun haben sich die Geister, die er herbeirief, vor meinen Augen materialisiert – in Form meiner Mutter. Ich stehe unter Schock und schaffe es kaum zu begreifen, was sich im Café zugetragen hat. Es ist wie ein Albtraum, der wahr geworden ist: erneut zu erfahren, dass man nicht geliebt wurde und man selbst heute noch machtlos ist gegen die Eiseskälte der eigenen Mutter.

Ich fühle mich wie ein morscher Ast, dessen Bruchstellen kaum mehr zu reparieren sind. Frierend steige ich ins Auto und fahre los, vergesse völlig, die Heizung anzudrehen, weil meine Gedanken wie Pudding sind.

Ich habe Angst davor, von Tobias abgewiesen zu werden. Dennoch nehme ich all meinen Mut zusammen, werde ihn zu Hause aufsuchen und abwarten, wie er reagiert. Falls er mich davonjagt, kann ich ihn immer noch dafür verachten, dass er die Verletzung, die mir meine Mutter zufügte, vergrößert hat. Aber ich sehne mich nach seinem Trost und wünsche mir, er würde mir sagen, dass alles gut wird. Ich brauche jemanden, der mir Zärtlichkeit schenkt und ein bisschen Geborgenheit.

Eine halbe Stunde später komme ich an. Das Tor steht offen, das Grundstück ist von den zahlreichen Lampen im Garten hell erleuchtet. Ich fahre durch die Einfahrt langsam auf das Haus zu und sehe einen dunklen Sportwagen vorm Eingang parken. Offenbar hat Tobias Besuch und ich beginne zu zweifeln, ob es unter solchen Umständen eine gute Idee ist, bei ihm zu klingeln. Ich stelle meine Rostmühle neben dem Luxusschlitten ab und schalte den Motor aus. Verunsichert sitze ich im Auto und starre auf die Hauswand. Ich wünschte, ich wäre eine unerschrockene Amazone, die sich nicht mit Selbstzweifeln herumschlagen muss und stattdessen couragiert in jede Schlacht zieht. Aber es wäre nicht das erste Mal, dass ich meine übertriebenen Ängste vor möglichen Misserfolgen mühevoll ausblenden muss, um die Sache trotzdem anzugehen. Je nachdem, welchen Stellenwert mein Anliegen auf der Wichtigkeitsskala von mir erhält, zwinge ich mich nicht selten zu scheinbaren Unüberwindbarkeiten. In diesem Fall handelt es sich immerhin um eine schwerwiegende Seelenverwundung, die sich in mir auszubreiten droht und dringend verarztet werden muss. Warum ich ausgerechnet Tobias zu meinem Heiler erklärt habe, steht in den Sternen. Oder will ich mir nicht eingestehen, dass mir was an ihm liegt? Ist ja auch egal – ich brauche ihn jetzt!

Ich steige aus und lasse die Wagentür entschlossen zufallen. Mit zügigem Schritt laufe ich beinahe zur Haustür, bevor ich es mir wieder anders überlege. Als ich den Klingelknopf drücke, wird mir vor Aufregung schlecht. Reiß dich zusammen, Nina! Du hast schon wesentlich Schlimmeres überstanden wie zum Beispiel ein Fernsehinterview oder das Zusammentreffen mit Fabrice Bellamy. Das hier ist Peanuts dagegen und sollte ich locker hinbekommen.

Die Tür wird geöffnet, aber nicht von Tobias. Ich stehe einer jungen, eleganten Frau mit blondem, hochgestecktem Haar gegenüber, deren opiumlastiges Parfüm sich wie ein beißender Äthergeruch auf meine Schleimhäute legt. Ihr Gesicht ist in aufwendiger Pinselarbeit mit verschiedenen Make-up-Tönen aufgehübscht und ihr Mund mit einer knallig roten Farbe bemalt. Ja, sie macht was her und ist hergerichtet wie eine Grand Dame, die noch einen Termin in der Schweizer Botschaft hat: weiße Seidenbluse, Satinrock und High Heels, deren Absätze bis zum Mond reichen sowie eine ganze Kollektion an Schmuckaccessoires wie Ringe, Armbänder, Ketten und Ohrringe.

Ich stiere sie an, als wäre sie ein fleischgewordener Weihnachtsbaum und frage mich, wer sie ist und was ich wohl für ein Bild in meiner ausgewaschenen Jeans und dem bequemen Long-Shirt neben ihr abgebe.

„Wer sind Sie?", fragt sie mich in einem abschätzigen Ton und sieht mich an, als wäre ich eine Eingeborene, die sich zum ersten Mal in die „Zivilisation" wagt.

„Ich möchte zu Tobias", sage ich, statt ihre Frage zu beantworten. Immerhin hat sie mir ihren Namen auch nicht mitgeteilt.

„Wer ist denn da?", höre ich Tobias von Weitem fragen.

„Keine Ahnung", sagt sie und geht zurück ins Haus, lässt aber die Tür offen stehen, sodass ich eintreten kann. „Irgendein dunkelhaariges Lockenköpfchen."

„Nina?", fragt Tobias aus der Küche heraus, während ich in den Flur trete und die Haustür von innen schließe.

„Weiß nicht", sagt der blonde Tuschkasten und zieht sich einen Mantel über. „Sieht aus wie eine Putzfrau, falls du für heute Abend noch eine bestellt hast."

Ich betrete das Wohnzimmer und vernehme die kränkenden Worte durchaus, ohne sie jedoch zu kommentieren.

„Ich muss jetzt auch los. Bin schließlich nicht dein Empfangspersonal", gibt sie überheblich von sich.

Tobias kommt aus der Küche geeilt mit einem Wischtuch in der Hand, das er einfach in die Ecke feuert, als er mich sieht.

„Nina!", wiederholt er meinen Namen mit aufgerissenen Augen und bewegt sich auf mich zu.

„Sag bloß, du kennst dieses Aschenbrödel", gibt sie deutlich zu erkennen, was sie in mir sieht.

„Wenn ich mich nicht irre, wolltest du gerade gehen, Caro", erinnert er sie an ihre Pläne.

Genau! Zieh besser Leine, bevor ich zum Gegenschlag aushole. Ich bin nämlich in der Stimmung, einer Giftnatter die Zähne zu ziehen.

„Also ehrlich, Tobias", sagt sie mit verständnislosem Blick und zeigt mit dem Finger auf mich, „das ist ja wohl ein echter Fehlgriff."

„Vielleicht waren *Sie* ja auch der Fehlgriff!", platzt es aus mir heraus. Gern würde ich meine

Fingernägel schleifen, um ihr damit die Augen auszukratzen.

„Ich weiß mich wenigstens gut zu kleiden", scheint sie sich entschlossen zu haben, uns zu vergleichen.

„Und ich mich zu benehmen", kontere ich und verschränke meine Arme. Noch *eine* geringschätzige Unverschämtheit von ihr und sie ist tot! Falls Tobias mit ihr zusammen gewesen sein sollte und sie seinen bisherigen Frauengeschmack repräsentiert, wundere ich mich nicht, wenn er bis heute schlechte Erfahrungen mit dem weiblichen Geschlecht gemacht hat.

„So, das reicht!", haut er dazwischen und beendet einen möglichen Krieg, bevor er richtig begonnen hat. „Geh endlich, Caro, und tu mir einen Gefallen und ruf nicht mehr an, okay?"

„Keine Angst, ich habe alles, was ich wollte", gibt sie zurück und lächelt wie eine Siegerin.

„Ja, das kann ich mir vorstellen", erwidert er müde und lässt den Kopf hängen.

Caro zieht ihre Handtasche von der Sitzfläche des Sessels und hängt sie sich über die Schulter.

„Bestimmt hast du mit ihr mehr Glück", hat sie ihren Auftritt weiterhin nicht für beendet erklärt. „Sie wirkt sehr bescheiden und noch formbar."

„Wenn du nicht sofort gehst, Caro, vergesse ich mich und sämtliche finanziellen Vereinbarungen, die wir getroffen haben!"

Sie sieht von Tobias zu mir herüber und lässt ihren Blick missfällig an mir herunterwandern.

„Sie haben sein Geld wirklich nötig", weist sie mich wiederholt darauf hin, wie wenig sie von meiner Klamottenauswahl hält.

„Und Sie tun mir leid", sage ich lediglich und habe nicht vor, mich von ihr provozieren zu lassen.

Ihr überhebliches Lächeln verschwindet und weicht einer unsicheren Mimik, so als wüsste sie nicht, wie sie meine Bemerkung aufzufassen hat.

„Hm", sagt sie nur und dreht mir den Rücken zu, um das Haus zu verlassen.

14

„Es tut mir leid, dass ich hier einfach reinplatze", entschuldige ich mich, nicht angemeldet zu sein, als ich die Tür ins Schloss fallen höre. Caro ist endlich verschwunden und meine Anspannung weicht der Ängstlichkeit, ebenso unwillkommen bei ihm zu sein wie seine vermutliche Ex-Freundin.

„Ich bin so froh, dass du hier bist", sagt er zu meiner Verwunderung und löst sich von seinem Standort, um wie eine aus der Verankerung geratene Turbine auf mich zuzusausen. Er reißt mich in seine Arme, als wäre ich eine Pappfigur und drückt mich kräftig an sich, sodass ich drohe, in zwei Hälften zu zerbrechen.

Ich ergebe mich seiner überraschenden Handlungsweise, die mir sehr gelegen kommt. Schließlich habe ich mich die ganze Fahrt über danach gesehnt, von ihm umarmt zu werden. Mit geschlossenen Augen genieße ich seine unverhoffte Nähe und scheue mich nicht, mich fester an ihn zu schmiegen.

„Verzeih mir bitte, was ich vorm Café zu dir gesagt habe", fährt er damit fort, mich zu verblüffen. „Ich war ein Idiot und verflucht eifersüchtig auf diesen Sven."

„Aber du hattest Recht, Tobias", rede ich sofort drauflos und habe gar nicht begriffen, was er

mir gerade zu sagen versuchte. „Ich brauche jemanden, der mich beschützt. Bitte, bitte sei ein
bisschen für mich da und erlaube mir, bei dir zu
bleiben. Ich fühle mich so kraftlos."

„Nina", sagt er ergriffen von meinem aufgelösten Zustand, der nunmehr seinen Höhepunkt
findet, nachdem Caro nach ihrer feindlichen Atta-
cke das Feld geräumt hat, „ich bin immer für dich
da, wenn du es zulässt."

„Dann schlafe mit mir", überfalle ich ihn mit
meiner unlogischen Aufforderung, die mehr als
deutlich macht, wie verwirrt ich bin.

Er drückt mich leicht von sich weg und
streicht mir schmunzelnd über die feuchte
Wange.

„Das werde ich nicht, Nina. Und es ist auch
nicht das, was du heute Abend brauchst."

„Aber ich will es", bestreite ich seine Annahme, dass es mir bloß um seinen Trost ginge.
„Und du doch auch."

„Verdammt richtig", bestätigt er mich und
streicht mir eine Locke aus dem Gesicht. „Aber
nicht so – nicht, solange du dich in einem verletz-
lichen Zustand befindest. Ich lasse mir kein zwei-
tes Mal vorwerfen, ich würde deine Schwächen
ausnutzen wollen."

Ich senke meinen Kopf und muss daran denken, was ich ihm am Abend in meiner Wohnung
alles unterstellt habe. Dass er mich gefügig machen wollte, indem er meinen Willen brach. In-

zwischen kommen mir jene Ereignisse vollkommen unwirklich vor, als wären sie nie passiert. Nachdem etwas Zeit vergangen ist, sehe ich alles aus einer neuen Perspektive und bin ihm sogar dankbar dafür, dass er mich wachgerüttelt hat.

„Das hätte ich dir nicht vorwerfen dürfen", mache ich ihm klar, heute anders zu denken. „Du hast mir geholfen, Tobias. Dein vehementes Vorgehen war richtig und hat mich dazu gebracht, mich zu öffnen.

„Das ist gut", freut er sich und legt seine Hände um meinen Nacken. „Danke, dass du mich für unschuldig erklärst, aber ich bin zweimal zu weit gegangen, Nina. Ich hätte dich nicht so bedrängen dürfen." Er streicht mein Haar beiseite, um mir einen sanften Kuss auf die Stirn zu geben. „Und nun setzen wir uns aufs Sofa und du erzählst mir in Ruhe, was vorgefallen ist."

Er möchte mich zur Couch führen, doch ich halte ihn am Arm fest und werfe ihm einen sehnsüchtigen Blick zu. Ich will mich weder setzen noch ist mir nach Reden zumute. Zweimal habe ich seine Annäherungen abgewehrt, ihm das Gefühl gegeben, er wäre zu weit gegangen. Dabei hatte ich sogar den Anfang gemacht, ihn geküsst und ihn animiert. Aber dann wurde ich von meiner Angst eingeholt, die ich kaum erklären kann. Ich fühle mehr für Tobias, womöglich seit unserer ersten Begegnung. Doch er ist kein Mann für mich – stammt aus einem anderen Universum. Außerdem sind mir Gefühle dieser Art völlig

171

fremd. Ich konnte sie mir nicht erklären – kann ich wahrscheinlich immer noch nicht. Trotz allem will ich ihm jetzt nah sein, möchte wissen, wie er aussieht – unter seinem Karohemd und seiner knackig sitzenden Jeans.

Ich vermindere den Abstand zwischen uns, den er geschaffen hat, als er mit mir zum Sofa gehen wollte, und stelle mich so dicht an ihn heran, dass wir beinahe mit jeder unserer vorderen Körperpartien verbunden sind. Meine Hände streichen über den weichen Stoff seines Hemdes und gleiten um seine Taille herum. Er umfasst meine Schultern und will sich mit sanftem Druck von mir lösen, doch ich halte dagegen und umklammere ihn mit ganzer Kraft.

„Nein, Nina", flüstert er und bemüht sich, standhaft zu bleiben. Aber ich spüre genau, dass sein Widerstand kein Hindernis für mich bedeutet und leicht zu brechen ist. „Du weißt ja nicht, was du tust."

„Vertrau mir, Tobias", versuche ich, ihm die Unsicherheit zu nehmen. „Ich bin mir im Klaren darüber, was ich mache."

Ich strecke mich ihm entgegen und küsse ihn so zart, als wären unsere Münder weiche Wattebausche.

„Das glaube ich dir nicht", haucht er mir seine Worte entgegen. „Du bist hier aufgewühlt erschienen. Irgendetwas ist geschehen." Seine

Hände fahren über meine Hüften und ziehen meinen Unterleib fest an seinen. „Ich will dich so sehr, Nina, warum tust du mir das an?"

„Weil ich dich auch will", hoffe ich, ihn überzeugt zu haben.

Endlich erwidert er zaghaft meinen Kuss, zieht sich aber kurz darauf wieder zurück, scheint weiterhin unschlüssig zu sein, wie er sich verhalten soll.

„Und wenn du dich irrst, du in Wahrheit nur durcheinander bist. Ich könnte es nicht ertragen, wenn du mich ein weiteres Mal aufhalten würdest."

„Dessen bin ich mir bewusst", behaupte ich, über seinen Hormonstatus im Bilde zu sein. Dabei kann ich nur vermuten, in welchem Maße ich tatsächlich in der Lage bin, sein Blut zum Kochen zu bringen.

„Oh nein, Nina, du ahnst nicht mal ansatzweise, was in mir vorgeht, wenn ich dich anblicke oder gar berühre", sagt er mit glänzenden Augen und fährt mit seinen Fingern zärtlich über meinen Rücken.

„Dann zeige es mir", fordere ich ihn auf, sich gehen zu lassen – seine Vernunft zu vergessen.

Ich beginne, die Knöpfe seines Hemdes zu öffnen – erst einen, dann den nächsten und höre erst auf, als ich am Hosenbund angekommen bin. Mit schwerem Atem lässt er es zu, wie meine Hand langsam unter den Stoff wandert und seine heiße Haut ertastet. Mit geschlossenen Augen verfolgt er den Weg, den meine Finger über seinen Bauch nehmen und danach seinen muskulösen Oberkörper erforschen. Er scheint willenlos zu sein und sich mir zu ergeben. Nun fehlt nicht mehr viel, bis ich ihn dazu gebracht habe, seine Kontrolle aufzugeben.

Plötzlich jedoch erwacht er zu neuem Leben und gibt seine unterlegene Position auf. Er greift nach meinen Handgelenken und streckt seine Arme auseinander, sodass ich ihn nicht mehr erreichen kann.

„Warum tust du das, Nina?", fragt er wider Erwarten mit wutverzerrter Miene. „Willst du dich an mir rächen, weil ich dir zweimal zu nahegetreten bin – mich nicht gezügelt habe, als es angebracht gewesen wäre?"

„Nein", antworte ich erschrocken über seinen Stimmungswandel. „Ich möchte ehrlich mit dir schlafen."

„Erzähl mir doch keine Märchen", ist er nicht überzeugt. „Du bist keine Frau, die bloß auf einen schnellen Fick aus ist."

Alarmiert sehe ich ihn an und kann weder seinen Gedankengängen noch seiner unverblümten Art, sich auszudrücken, folgen. Eben war er dabei, sich von meinen Berührungen wegtragen zu lassen und nun weht ein neues Lüftchen, das jeden Moment zu einem ausgewachsenen Orkan umschlagen kann.

„Sondern?", bin ich neugierig, wie er mich einschätzt.

„Was ist mit diesem Sven?", will er wissen, ohne auf meine Frage einzugehen. „Seid ihr zusammen?"

„Er ist verheiratet", erinnere ich ihn an ein nicht unwesentliches Detail.

„Das mag für dich ein Hindernis sein, aber nicht für ihn", macht er deutlich, wie wenig er Svens Ehegelöbnis traut. „Er ist scharf auf dich, Nina, das habe ich sofort gemerkt."

„Schon möglich", streite ich seine Unterstellung nicht ab. „Und das ist ein Problem für dich?"

Ich will meine Handgelenke befreien und mich aus seinem Radius entfernen, aber er steigert seinen festen Griff, als er es bemerkt.

„Ist da nun was zwischen euch oder nicht?", hat er sich an diesem Thema festgebissen.

„Nein, gar nichts!", hebe ich den Ton meiner Stimme an. „Was ist denn mit Caro? Sie scheint ja auch ständig präsent zu sein, soweit ich das beurteilen kann", erinnere ich an ihre vielen Anrufe oder ihr heutiges Erscheinen.

„Was soll schon mit ihr sein?", gibt er sich desinteressiert, als wäre sie nicht weiter wichtig.

„Sie ist 'ne richtige Grazie mit 'nem feschen Outfit. Ihr Look dürfte deinen Geschmack viel eher treffen als meiner. Außerdem fährt sie einen heißen Ofen. Vor deinem Haus habe ich ihren schnittigen Wagen stehen sehen. Ich bin nur eine kleine Dekorateurin mit leeren Taschen, sie hingegen hat offensichtlich Geld."

„Ja", bestätigt er meine Annahme mit einem grimmigen Blick, „sie hat Geld, und was glaubst du wohl, woher sie das hat?"

Er gibt meine rechte Hand frei, um mich an der anderen aus dem Wohnzimmer Richtung Flur zu ziehen. Von dort aus öffnet er die Tür zur Garage und bleibt mit mir auf der Schwelle stehen.

„Hier passen drei Fahrzeuge nebeneinander rein. Wie viele zählst du?", werden meine Rechenkünste auf die Probe gestellt.

„Eins", antworte ich wie eine Grundschülerin und frage mich, worauf er hinauswill.

„Dort steht ein Dienstwagen. Mein Sportwagen gehört jetzt Caro sowie meine Wohnung in Hamburg. Das Geld für ihre Scheißklamotten stammt von meinem Konto! Und mir ist es schnurzegal, was du in deiner Freizeit anziehst, Nina, weil du nämlich auch in zerschlissenen Jeans wunderschön aussiehst!"

Er drängt mich zurück ins Haus und schließt die Tür zur Garage ab. „So ... konnte ich deine Bedenken ausräumen?", fragt er, als er sich mir wieder zuwendet. „Ach nein, warte, da ist ja noch ein Punkt offen."

Er führt mich die Treppe nach oben zu einem Bild, das im oberen Flur über einer Anrichte hängt, und nimmt es von der Wand. Dahinter befindet sich ein ins Gemäuer eingelassener Tresor, den er mit einer Zahlenkombination öffnet. Er lässt seine Hand in dem schwarzen Loch verschwinden und zieht ein Kästchen hervor, das er kurz darauf öffnet. Die Kette strahlt mir entgegen, die er mir an jenem Abend, an dem er mich ins Hotel Bonbach ausführte, um den Hals gelegt hatte.

„Sie gehört dir, Nina", sagt er und nimmt sie aus der Schachtel heraus.

Ich weiche zurück, als er sie mir umbinden möchte, und wehre das teure Geschenk ab.

„Nein, das geht nicht", gebe ich ihm zu verstehen, dass sie zu wertvoll für mich ist.

„Ich bin ein reicher Mann – also keine falsche Bescheidenheit."

Er hält sie mir entgegen, als wollte er mich mit den glitzernden Brillanten ködern.

„Lass das, Tobias!", ärgere ich mich über ihn. „Du weißt, dass mir solche Dinge nichts bedeuten."

„Ja", sagt er und verschließt den Tresor, ohne jedoch das Schmuckstück zurückzulegen. „Und das ist der Unterschied zwischen dir und Caro. Sie war bloß scharf auf mein Geld und ich so blöd, sie zu heiraten. Du glaubst, scharf auf eine Nacht mit mir zu sein. Dabei bist du alles andere als eine männerverschlingende Wildkatze. Dein unschuldiges Wesen macht dich so ungeheuer interessant. Jeder Kerl will dich, Nina! Ich auch! Von der ersten Sekunde an. Ob du Geld hast oder nicht, spielt für mich keine Rolle. Ich habe selbst genug und kein Problem, dich damit zu überschütten."

„Aber ich bin nicht interessiert an deinem Geld", erkläre ich ihm und wundere mich, als er mich an den Schultern herumdreht, sodass ich ihm den Rücken zuwenden muss.

„Das macht es erst recht spannend, Nina", flüstert er mir in den Nacken. „Und jetzt hebe dein Haar für mich an."

Ich tue, was er sagt, obwohl es mir unangenehm ist, dass er mir dieses Prachtstück schenken möchte.

„Ich werde die Kette niemals tragen können, Tobias", erinnere ich ihn an mein bescheidenes Leben.

„Oh doch", behauptet er und liebkost meinen Hals. „Es wird unendlich viele Anlässe geben, meine Schöne. Dafür werde ich sorgen."

„Tobias, küss mich bitte nicht mehr", verblüffe ich ihn mit meinen Worten. „Ich habe gerade erfahren, dass du verheiratet bist. Das ist einfach nicht richtig."

Er bricht in Gelächter aus, fängt sich aber sogleich wieder und streift mit seinen Fingerkuppen meine Arme entlang, bis er meine Hände erreicht und sie in seine aufnimmt.

„Da scheine ich mit meiner Beurteilung deines Charakters ja voll ins Schwarze getroffen zu haben", zeigt er sich amüsiert über meine Bitte. „Der Scheidungstermin ist in drei Monaten, meine schöne Tugendwächterin. Es gibt also keinen Grund für dich, ein schlechtes Gewissen zu haben, wenn ich dich küsse."

Er legt seine Arme um meinen Bauch und nimmt mich dicht an sich heran, sodass ich seine ganze Wärme an meinem Rücken spüre. „Und nun möchte ich wissen, warum du zu mir gekommen bist, was dich so sehr beschäftigt."

„Ich bin hier, weil ich mit dir schlafen wollte", sage ich und kehre sämtliche Einzelheiten unter den Teppich, die mich eigentlich zu ihm führten.

Wieder höre ich ihn lachen und merke, wie er den Kopf schüttelt.

„Du erwartest doch nicht, dass ich dir das abnehme", zweifelt er an meiner Darstellung.

„Mir egal", bemerke ich und fühle mich unwohl dabei, ständig von ihm durchschaut zu werden. „Ich sollte jetzt gehen."

„Nein", akzeptiert er meine Entscheidung nicht. „Erst wirst du von mir bekommen, was du angeblich willst. Und danach kannst du mir verraten, ob dich ein kurzer Fick mit mir wirklich zufriedengestellt hat."

„Wenn du es so formulierst, wohl eher nicht", gebe ich mich verstimmt.

Ich spüre seine Lippen an meinem Ohr und registriere, wie er sich kräftig an mich drückt.

„Ich verrate dir was, Nina", sagt er leise, aber deutlich hörbar. „Du strahlst mit jeder Körperfaser pure Ängstlichkeit und Selbstzweifel aus. Ich weiß, dass du hergekommen bist, weil du mich brauchst, und ich habe nicht vor, dir meine Hilfe zu verweigern – egal, in welcher Form. Aber wenn du dich entscheidest, mit mir zu schlafen, werde ich dich nicht mehr gehen lassen. Und damit meine ich nicht meine Haustür."

Ich bin ergriffen von seinem Bekenntnis und frage mich, ob er sich im Klaren darüber ist, dass wir zwei grundverschiedene Menschen sind.

„Vielleicht passe ich nicht in dein Leben", gebe ich zu bedenken und kann sein Schmunzeln direkt hören.

„Wer sagt, dass ich das erwarte?", fragt er und schaukelt mich behutsam in seinen Armen. „Du bist perfekt in meinen Augen, das habe ich dir bereits gesagt. Deine Ambitionen, Hilfsbedürftigen unter die Arme zu greifen, finde ich bemerkenswert. Ich kann in dieser Hinsicht eine Menge von dir lernen."

„Dazu wärst du bereit?", bin ich perplex.

„Werde erst mal etwas vertrauter mit mir und meinen Ansichten und du wirst erleben, wozu ich deinetwegen noch bereit wäre", hört er nicht auf, mich zum Staunen zu bringen.

Ich will mich umdrehen, ihm in seine Augen blicken, um zu überprüfen, wie ernst ihm diese Worte sind. Er sabotiert meinen Versuch jedoch, schwingt seine Arme wie ein Lasso um mich herum und zieht die Schlaufe zu.

„Nicht doch", raunt er mir ins Ohr. „Gerade habe ich dich so schön im Griff."

„Ich möchte dich aber ansehen", protestiere ich erfolglos.

„Ich dich auch", gibt er zu erkennen, was in ihm vorgeht. „Zieh dich für mich aus."

„Waaas?", frage ich wie ein quietschendes Meerschweinchen und beobachte, wie seine

Hände unter meinem Shirt verschwinden. Er öffnet den Knopf meiner Hose und zieht den Reißverschluss Millimeter für Millimeter tiefer – so langsam, dass ich es erst kaum bemerke. Als sich seine Finger dann aber über meine nackten Hüftknochen schieben und die Jeans nach unten drücken, wird mir bewusst, dass er es vorantreiben und mich zu einer Entscheidung drängen will.

„Wenn du nicht mit mir reden möchtest, schlage ich vor, wir tun es endlich", bestätigt er meine Vermutung.

„Hier?", bin ich mir nicht sicher, ob es mir gefallen würde, von ihm in einem Flur in animalischer Stellung genommen zu werden.

„Zieh dich aus und du wirst es erfahren", wiederholt er seine unvermutete Aufforderung, die mir die Sprache verschlägt.

Er schafft etwas Abstand zwischen uns und macht einen Schritt zurück. Also will ich meinen Kopf drehen und nach ihm sehen, aber er gibt mir ein Zeichen, mich nicht vom Fleck zu bewegen, meine Position nicht zu verändern.

„Fang an", verlangt er mit trockener Kehle und klingt wie ein ausgehungerter Sträfling, der nach Tagen seine erste Mahlzeit erhält.

„Ich könnte ihn jetzt für sein unverschämtes Vorgehen rügen, ihm eine Ohrfeige verpassen und aus dem Haus rennen. Doch ich bin fasziniert von ihm, von seiner Art, die Sache anzugehen. Ich gebe zu, ich bin neugierig geworden, möchte erfahren, wie weit er gehen würde. Er überlässt mir die Kontrolle – niemand zwingt mich zu tun, was er sagt. Deshalb gefällt mir die Vorstellung, mich ihm zu fügen und auf sein Spiel einzulassen, dessen Regeln ich nicht kenne.

Ich beginne damit, meine Jeans an meinen Beinen herunterrutschen zu lassen, bis sie den Boden berührt. Mithilfe meiner Füße streife ich die Hosenbeine ab und höre, wie Tobias hinter mir das Gleiche tut – sich von seiner Jeans befreit.

„Und nun dein Shirt", gibt er weitere Anweisungen, wie ich vorzugehen habe, und wirft sein Hemd, das ich ihm vorhin geöffnet habe, aufs Parkett.

Also ziehe ich mir mein Oberteil über den Kopf und stehe ihm unsicher rückwärtsgewandt in Unterwäsche gegenüber.

Ich zucke zusammen, als seine Finger über meine Wirbelsäule streifen, bis sie den Bund meines BHs erreicht haben.

„Keine Angst, ich werde dir nicht wehtun", muss ihm meine verschreckte Geste aufgefallen sein.

Er öffnet den Verschluss und lässt den dünnen Stoff vorsichtig an mir abgleiten.

„Wie schön du bist", sagt er mit rauchiger Stimme und dreht mich zu sich herum. Seine Hand legt sich um meinen Nacken und führt meinen Kopf langsam an seinen heran. Als seine warmen Lippen meine berühren, schließe ich die Augen und genieße, wie er seinen Mund sachte auf meinen legt und sanft zu liebkosen beginnt. Seine

Küsse fühlen sich an wie ein Seidentuch, das über meine Haut gleitet. Ich erwidere seine Zärtlichkeiten und wünschte, ich könnte mich forttreiben lassen. Aber meine Gedanken verlieren plötzlich ihre Transparenz und nehmen wieder Form an, fokussieren sich von Sekunde zu Sekunde auf die heutigen Geschehnisse im Café, die erst wenige Stunden zurückliegen. Nun drängen meine bis eben erfolgreich unterdrückten Gefühle mit einer ungeahnten Macht an die Oberfläche und machen mehr als deutlich, wie sehr mich die jüngsten Ereignisse mitgenommen haben.

Mein Herz beginnt, in meiner Brust zu toben, als mir die Worte meiner Mutter in Erinnerung kommen. Und in meinem Kopf scheint ein Tornado zu wüten, der zu Gleichgewichtsstörungen führt. Ich versteife und schaffe es kaum noch, aufrecht zu stehen.

Tobias lässt von mir ab, hat offensichtlich schnell begriffen, es mit einer veränderten Situation zu tun zu haben.

„Du bist ganz blass geworden", stellt er fest und pflückt sein Hemd vom Boden, um es mir umzulegen. „Was ist los?"

Meine Beine werden wackelig, als würde ich auf einem gelartigen Untergrund stehen. Ich halte mich an Tobias fest, um nicht umzufallen, aber er hat den Ernst der Lage schon erkannt und hebt mich in seine Arme.

„Verflucht noch mal, Nina, ich hab doch gleich geahnt, dass etwas mit dir nicht stimmt!"

Er geht mit mir in ein angrenzendes Zimmer, das sein Schlafzimmer zu sein scheint, und legt mich auf dem großen Bett ab. Während er die Decke über mich zieht, setzt er sich auf die Matratze und streicht mir über den Kopf.

„Nein, es ist alles in Ordnung", behaupte ich und kann nicht verhindern, dass ich zu zittern beginne.

Tobias schlüpft mit unter die Satindecke und zieht mich an seine Brust.

„Du stehst unter Schock", hat er die Alarmzeichen meines Körpers womöglich richtig gedeutet. „Hat das was mit deinen Eltern zu tun?" Seine Arme und Beine umhüllen mich wie ein warmer Mantel und geben mir Geborgenheit und ein sicheres Nest. „Mein Gott, Nina, warum hast du nicht gleich mit mir geredet?"

„Ich bin okay", wiederhole ich die unsinnige Behauptung, ich würde mich gut fühlen.

„Das sehe ich", glaubt er mir nicht und vergräbt seine Hand in meinen Locken, um mir den Nacken zu kraulen. „So bist du wahrscheinlich dein ganzes Leben mit möglichen Schwierigkeiten umgegangen. Statt mit einer Person deines Vertrauens über deine Sorgen zu sprechen, hast du sie einfach weggewischt und bist zur Tagesordnung übergegangen."

„Könnte sein", gebe ich zu, Schwächen aufzuweisen im Umgang mit meinen Problemen.

„Das rächt sich jetzt, Nina", macht er mir klar, etwas daran ändern zu müssen. „Dein Geist

braucht Ruhe, aber wenn du alles in dich rein-
frisst, überforderst du dich, weil du niemals richtig abschalten kannst."

„Ich weiß", entgegne ich leise und lasse meine
Tränen auf seine nackte Brust tropfen. „Ich wollte
dir ja alles erzählen. Nur dann war Caro auf einmal hier und ich bekam Zweifel. Plötzlich war die
Angst wieder da, mich zu öffnen, obwohl ich
dachte, sie überwunden zu haben."

„Ich bedaure, dass ihr euch begegnet seid",
bemerkt er brummig und erneuert unsere Verbindung, indem er seine Schlingen fester um mich
schnürt. „Vergiss sie einfach, Nina, und sag mir
endlich, was dich so aus der Bahn geworfen hat."

„Meine Mutter …", gelingt es mir, einen Anfang zu machen, bevor mir die Stimme versagt.

Er stöhnt verärgert auf und lässt durchblicken, wie sehr es ihm missfällt, dass sie der Grund
für meine Unpässlichkeit ist.

„Ich habe schon befürchtet, deine Eltern könnten dahinterstecken. Was wollte sie von dir, ver-
dammter Mist? Dir Angst einjagen?"

„Mein Stiefvater ist verstorben", kläre ich ihn
auf. „Und nun verlangt sie von mir, sie in der
Firma zu unterstützen."

„Ach!", ist er überrascht von den Neuigkeiten
und gibt sich einen Moment, um darüber nachzudenken.

„Ich hätte nicht gedacht, dass mich ein Wiedersehen derartig aufwühlt. Sie war kaltherzig zu
mir, hat mich nicht mal gefragt, wie es mir geht.

Warum bin ich ihr nur so egal?", frage ich ihn traurig und hindere meine Tränen nicht daran, sich selbstständig zu machen.

Tobias antwortet nicht, streichelt mir stattdessen über meinen Arm. Was sollte er auch hierzu sagen – zu einer Mutter, die ihr Kind vernachlässigte und heute nicht mal Reue zeigt.

„Wie kommt sie bloß darauf, ich würde ihr helfen oder wäre in der Lage dazu?", verstehe ich ihr unerklärliches Anliegen nicht. „Mir fehlt das Know-how, einen großen Konzern zu leiten."

„Nina, hör zu", hat er sich entschlossen, sich zu meinen Worten zu äußern. „Ich weiß, ich habe nicht das Recht, mich einzumischen, aber falls dir was an meinem Rat liegt, dann lehnst du dieses ominöse Angebot deiner Mutter ab. Lass keinen Kontakt mehr zu. Es tut dir nicht gut."

„Aber ...", habe ich vor, ihm zu erklären, es längst getan zu haben, doch er schneidet mir direkt das Wort ab.

„Ich kann dir das Gleiche bieten", ist er sofort zu einem Gegenangebot bereit. „Du bist in der Lage zu leiten, Nina, so viel steht fest. Ich habe deine verborgenen Talente aufgespürt."

„Bestimmt verwechselst du mich mit Caro", zweifle ich an seiner Einschätzung.

„Dir ist nicht mal aufgefallen, sie mundtot gemacht zu haben", ruft er mir das Wortgefecht in Erinnerung, welches ich mit ihr austrug. „Glaub mir, meine Schöne, das ist noch keinem gelungen."

„Und damit qualifiziere ich mich zu einer größeren Aufgabe, die meine Ausbildung bei Weitem nicht abdeckt?", frage ich ungläubig und rutsche hoch, um mich zu setzen.

„Herrgott, Nina, das ist ein Baustein von vielen", versteht er nicht, wie wenig ich seiner Beurteilung meiner Person traue.

„Wie viele Bausteine siehst du in mir?", frage ich kritisch.

„Etliche", antwortet er knapp und richtet sich ebenfalls auf. „Und nun versprich mir, dass du deiner Mutter absagst."

Ich versuche, in dem düsteren Zimmer in seinem Gesicht zu lesen, möchte herausfinden, weshalb er mir das Versprechen abringen will, nicht für meine Mutter zu arbeiten. Mir ist nicht klar, wieso er sich derart sorgt.

„Eben sagtest du noch, dich nicht in meine Entscheidungen einmischen zu wollen. Und auf einmal lässt du mir nicht mal mehr die Wahl?", bin ich aufgebracht über den Druck, den er ausübt.

„Bitte vertrau mir einfach", gibt er mir eine unzureichende Antwort.

„So?", frage ich und vergesse, dass mir unwohl ist. „Und warum?"

„Weil ich es gut mit dir meine", erwidert er lediglich und lässt seine Äußerung dadurch geheimnisvoller erscheinen.

Ich bin unzufrieden über seine Herumdruckserei und will aufstehen, doch Tobias reagiert sofort. Er schnappt nach mir und zieht mich zu sich zurück.

„Sei nicht unvernünftig, Nina", sagt er und schnürt seine Arme wie Seile um mich herum, um meinen Fluchtversuch zu vereiteln. „Es geht dir nicht gut, du solltest liegen bleiben."

„Ja, aber nicht bei einem Mann, der meine Entscheidungsfreiheiten einschränken möchte", zeige ich mich uneinsichtig. „Falls du auch in deiner Freizeit den Chef raushängen lässt, bist du bei mir an der falschen Adresse. Ich brauche niemanden, der mir sagt, wo es langgeht."

„Das habe ich doch gar nicht vor!", hat er sich entschieden, einen nachdrücklichen Ton anzuschlagen. Er klatscht mit der Hand gegen den Schalter am Bett, sodass eine Stehlampe im Raum zu leuchten beginnt und ein warmes Licht spendet. Zum ersten Mal habe ich einen Blick auf die Einrichtung im Raum, den großen Fernseher an der Wand, den Einbauschrank und den flauschigen Läufer auf dem Boden. Alles wirkt etwas zu dunkel und zu glatt, aber durchaus gemütlich. „Ich möchte lediglich verhindern, dass du kopflos in dein Verderben rennst."

„Du traust mir also zu, einen großen Betrieb zu leiten, aber keine gut überlegten privaten Entscheidungen zu treffen?", frage ich entrüstet.

„Meine Güte, nein, du verdrehst ja alles!", antwortet er mit wachsender Anspannung und scheint sich zu fragen, wie er die gereizte Stimmung wieder dämpfen kann. „Teufel noch eins, du hast es wirklich drauf, einem Informationen zu entlocken, die man vorläufig für sich behalten möchte."

Ich gerate in einen Zustand der Bewegungslosigkeit und warte darauf, dass er fortfährt.

„Firma Klingbach steuert auf den Konkurs zu, Nina, das habe ich bei meinen Recherchen um dich erfahren. Mir ist nicht klar, was deine Mutter tatsächlich von dir will, aber dich in die Geschäftsinterna einweihen, ganz sicher nicht. Hüte dich vor ihr und vor allem davor, ein mögliches Erbe anzunehmen."

Ich sitze starr im Bett wie eine gefriergetrocknete Lauchstange und lasse mir die Unterhaltung mit meiner Mutter noch einmal durch den Kopf gehen. Ist sie davon ausgegangen, ich würde es nicht bemerken? Glaubte sie vielleicht, das Erbe und sämtliche Verantwortung auf mich abwälzen zu können, um sich selbst mit einem Haufen abgezweigtem Geld absetzen zu können?

„Keine Panik, Tobias", sage ich ernüchtert, „ich hatte nie vor, für sie zu arbeiten oder mir ein Erbe aufschwatzen zu lassen. Schade nur, dass du an meiner Umsicht gezweifelt hast."

„Das habe ich nicht, Nina", versichert er und streicht mir über die Wange. „Ich wollte dich nur in dieser Zeit nicht mit schmerzlichen Details belasten. Du hast genug damit zu tun, deine Vergangenheit aufzuarbeiten."

189

„Ja, das mag sein", erwidere ich deprimiert. „Aber der Versuch, Informationen vor mir zurückzuhalten, macht alles bloß noch schlimmer."

15

Nachdenklich stehe ich am Schlafzimmerfenster und blicke in die Dunkelheit hinaus. Tobias hat sich hinter mich gestellt und mit seinen Armen eingekreist, indem er seine Hände links und rechts von mir auf dem Fensterbrett platziert hat. Es ist ruhig zwischen uns geworden, da jeder seinen Gedanken nachgeht. Ich bin froh, dass er mir die Zeit gibt, das Gehörte zu verstehen und in meinem Kopf zu sortieren. Dass meine Mutter mich aller Wahrscheinlichkeit nach ins offene Messer laufen lassen wollte, ist nicht leicht zu verdauen. Sie war schon immer egoistisch und auf ihren Vorteil bedacht, aber wie berechnend sie wirklich sein kann, offenbart sich mir erst jetzt. Meine Enttäuschung ist grenzenlos und schwer auszuhalten. Doch es gibt nur einen Weg für mich: nach vorne zu blicken und mein Leben so glücklich zu gestalten wie möglich.

Ob Tobias ein Teil dieses neuen Lebens sein könnte, wage ich zu bezweifeln. Er ist ein toller Mann, der jedoch in einer Welt heimisch ist, die ich hinter mir gelassen habe und in deren Kreis ich nicht gehöre. Ich bin und bleibe das Aschenbrödel, das *gerne* die Asche zusammenkehrt und auch von dort unten eine Menge bewirken kann. Dafür muss ich keinen Prinzen heiraten und in einem Schloss wohnen.

„Ich werde nach Hause fahren", habe ich mich entschieden aufzubrechen und drehe mich herum.

„Nein, bitte bleib", fleht er mich an und legt seine Hände auf meine Wangen. „Du kannst bei mir schlafen – einfach nur so. Ich möchte dich noch ein bisschen in meinen Armen halten. Ohne Hintergedanken."

Ich kräusle die Stirn und frage mich, ob ich heute Nacht bei ihm bleiben könnte, ohne mehr von ihm zu wollen. Er ist imstande, mein Herz im Sturm zu erobern, und das darf ich nicht zulassen. Gerade habe ich beschlossen, dass wir nicht füreinander bestimmt sind. Das muss ich ihm sagen, bevor wir beide zu viele Gefühle in eine Sache investieren, die keine Zukunft hat.

„Tobias, ich …", gelingt es mir zu sagen, bevor er seinen Mund auf meinen drückt und mich überfallartig küsst. Anscheinend fürchtet er sich vor meiner ablehnenden Antwort und hofft, mich auf diese Weise zum Bleiben zu überreden.

Ich ergebe mich seiner überraschenden Handlungsweise, die mich alles andere als kalt lässt. Als er spürt, dass er keine Gegenwehr zu erwarten hat, öffnet er seine Lippen und verschafft sich mit seiner Zunge Zugang in meinen Mund. Ich erwidere zögerlich seinen Kuss, wäge noch ab, ob es richtig ist, ihn gewähren zu lassen. Doch als er fordernder wird und ich sein Herz wild schlagen höre, bin ich infiziert – möchte, dass er sich ohne Gnade nimmt, wonach es ihm trachtet.

Ich erlaube ihm, mich ungestüm gegen das Fensterbrett zu drücken und zügellos vorzugehen. Seine Zunge taucht tief in meinen Mund ein und beginnt ein erbittertes Spiel mit meiner. Offenbar hat ihn das Fieber gepackt, kennt er kein Rezept mehr, sich zu stoppen. Ich füge mich seiner Übermacht an Leidenschaft und lasse mich von ihr anstecken. Als ich meine Arme um seinen Hals lege und mich willig zeige, mich von ihm verführen zu lassen, brechen alle Dämme und er reißt mir das Hemd auf, das ich von ihm trage.

„Verdammt, Nina, ich will, dass es endlich passiert!", sagt er mit erhitztem Atem und gibt jegliche Zurückhaltung auf. Er streift mir das zerstörte Hemd von den Schultern und lässt es achtlos zu Boden fallen.

Falls es einen Moment gab, an dem ich ihn hätte aufhalten können, habe ich ihn verstreichen lassen. Die Leidenschaft breitet sich in ihm aus wie ein Flächenbrand und auf einmal offenbart sich mir, was er damit meinte, ich wüsste nicht, was in ihm vorginge, wenn er mich nur ansehe oder berühre. Es muss ein Feuerwerk aufflammender Begierde sein, das ihn mit einer ungeheuren Wucht übermannt. Seine Hände streifen mit einer kraftvollen Intensität über meine Hüften, als wollte er mir keine Möglichkeit mehr lassen, mich aus seinen Fängen zu befreien. Beinahe fanatisch erkundet er jeden Zentimeter meiner Haut, schiebt seine Finger wie ein Scanner über mich hinweg.

„Mein Gott, du fühlst dich an wie ein Samtteppich", sagt er mit kratziger Stimme und küsst sich langsam an meinem Hals hinab, bis er meine Brüste erreicht hat. Als er seine Zunge sachte über meine Spitze gleiten lässt, ergreift die unkontrollierte Lust auch von mir Besitz.

„Ja", flüstert er mir zu, als er mein Aufstöhnen hört. „Lass dich fallen, Nina. Vertrau mir deinen Körper an."

Seine Hand findet ihren Weg in meinen Slip und fährt genüsslich über meinen Po, als wollte er sich die Rundung genauestens einprägen. Mit der anderen Hand drückt er mich gegen sich, sodass ich seine volle Härte an meinem Unterleib spüren kann. Er ist für mich bereit, scheint seine gesamte Willenskraft einzusetzen, um nicht wie ein wildes Tier über mich herzufallen.

Dabei hätte ich kein Problem damit, wenn er sich gehen lassen und hemmungslos mit mir verbinden würde. Ich will ihn so sehr in mir spüren, wie keinen anderen Mann zuvor. Was ist anders an ihm, dass ich mich mit ganzer Seele nach ihm verzehre?

„Bitte zögere es nicht hinaus", ermächtige ich ihn, sämtliche Mäßigungen aufzugeben und zügellos voranzupreschen.

„Das würde dir also gefallen?", fragt er lächelnd und schwingt mich wie eine federleichte Stoffpuppe herum, um sich mit mir gemeinsam aufs Bett fallen zu lassen. Ich lande auf dem Rücken, während er sich neben mir platziert.

„Ja, ich will es jetzt", gebe ich ihm einen Freibrief, sich ungehemmt mit mir zu vergnügen.

„Wow", wirkt er begeistert. „Ich hätte nicht gedacht, dass du eine derart heißblütige Verführerin bist."

„Er zieht meinen Slip etwas tiefer, um ihn mir danach über die Beine abzustreifen. Und obwohl er sich selbst die Boxershorts nebenbei auszieht, kommt er meiner Einladung, aufs Ganze zu gehen, nicht nach und betrachtet mich wie eine Kostbarkeit – einen wertvollen Schatz, der nur ihm alleine gehört.

„Du bist zum Anbeißen schön", bemerkt er hingerissen und fährt mit seinen Fingern arglos über meine Haut und übersieht, wie sehr mir seine Berührungen die Sinne rauben.

Ich stöhne leise auf, als er tiefer gleitet und meinen Bauchnabel passiert und erinnere ihn daran, was ich von ihm erwarte.

„Mein Gott, Nina, ich kann kaum fassen, dass ich dein Feuer entfacht habe. Eben noch befürchtete ich, du wolltest gehen."

„Tobias, nimm mich endlich", fordere ich ihn auf, zur Tat zu schreiten, und biege mich ihm entgegen.

„Oh ja, das werde ich", flüstert er mir zu und rückt mir etwas näher. „Aber zuvor wirst du dich *meinen* Wünschen fügen und mir den Genuss gewähren, dich zum Höhepunkt zu treiben." Er beugt sich über mich und küsst mich liebevoll auf den Mund. „Öffne deine Beine für mich, ja?"

Ich tue, worum er mich bittet, und fühle, wie er seine Hand auf meinen Bauch legt und wie einen Kompass nach Süden ausrichtet. Langsam führt er sie tiefer, bis er über meinen Venushügel hinweggleitet und seine Finger behutsam auf meine empfindliche Stelle legt. Ich glühe auf vor Erregung und möchte, dass er die Sache weitertreibt. Doch er genießt die Macht, die er in diesem Moment über mich hat, und lässt mich leiden.

„Tobias!", schreie ich ihn wie von Sinnen an. „Mach weiter!"

„Ja", ist er sich seiner Überlegenheit im Klaren. „Gleich."

Er drückt mir erneut seine Lippen auf und versenkt seine Zunge tief in meinen Mund. Ich erwidere seinen überschwänglichen Kuss und ziehe ihn weiter an mich heran. Als sein Finger endlich zu kreisen beginnt, atme ich tief durch vor Erleichterung.

„Bitte hör nicht wieder auf", bettle ich ihn an, mich nicht mehr zu quälen.

„Bestimmt nicht, meine Schöne", versichert er überlegen und ist sich wohlweislich bewusst, dass er das Spiel dominiert. „Erst, wenn du da bist, wo ich dich hinhaben möchte."

„Da bin ich gleich", deute ich an, dass es nicht mehr lange dauert, und hebe meinen Unterleib an, um ihm entgegenzukommen.

Er legt sein Bein über meine Oberschenkel – sorgt auf diese Weise dafür, dass ich mich nicht mehr rühren kann.

„Das entscheide ich", raunt er mir zärtlich ins Ohr und scheint ohne Ausnahme den Ton angeben zu wollen.

Er stoppt seine Bewegungen und ignoriert meine flehenden Worte, nicht aufzuhören. Als ich protestiere und ihn für sein Vorgehen tadeln will, lässt er seinen Finger tief in mich hineingleiten und führt zu Ende, wonach sich mein Körper sehnt.

„Jetzt darfst du kommen", macht er klar, dass er das Instrument beherrscht, und führt mich unerwartet zu einem ungeahnten Höhepunkt, der wie ein plötzliches Gewitter über mich hereinbricht. Ich seufze auf, als sich die Hitze in jede meiner Körperzellen ausbreitet, und kann nicht glauben, dass es ihm möglich war, mich so zu kontrollieren. Er gibt mir einen Moment, um mich zu sammeln, aber ich habe nicht vor, quälende Minuten verstreichen zu lassen. Ich bin bereit für ihn – alles in mir ist darauf programmiert, ihn in mir aufzunehmen.

Also richte ich mich auf und beabsichtige, mich gegen ihn zu stemmen, sodass er gezwungen ist, sich auf den Rücken zu legen.

„Hey", flüstert er mit glühenden Augen, „was hast du vor?"

„Das, was ich mir schon die ganze Zeit wünsche", kläre ich ihn auf, wonach es mir trachtet.

Er lächelt erwartungsvoll und gibt meinem Druck nach. Fügsam legt er sich auf den Rücken und scheint begierig darauf zu warten, dass ich mich auf ihn setze. Ich werde seinen Erwartungen gerecht und klettere über ihn. Doch kaum habe ich mich auf ihm platziert und plane, uns miteinander zu verbinden, packt er mich und dreht uns gemeinsam herum. Nun liegt er mit seinem ganzen Körpergewicht auf mir und drängt voller Wollust zwischen meine Beine.

„Heute spielen wir nach meinem Drehbuch", hat er offensichtlich Spaß daran, den Takt vorzugeben.

Ich ergebe mich, habe nicht vor, um die Vorherrschaft zu streiten. Hauptsache, er lässt mich nicht erneut zappeln.

Aber er hat nicht vor, die Sache aufzuschieben oder irgendetwas in die Länge zu ziehen. Aufgeflammt wie ein Streichholz positioniert er sich und dringt ohne Umschweife tief in mich ein. Ich bin beinahe erschrocken, als er einen solch schnellen Zugang zu mir findet, und gebe einen erstickten Laut von mir.

„Alles okay?", fragt er besorgt, mir wehgetan zu haben.

„Ja, alles gut", antworte ich in feuriger Erwartung auf das, was nun kommt. Ich zwinkere ihm zu, ermuntere ihn fortzufahren, aber er sucht in meinem Gesicht nach Anzeichen, zu unbeherrscht vorgegangen zu sein.

„Ich habe vergessen, wie zart und zerbrechlich du bist", hat er das Gefühl, sich entschuldigen zu müssen.

Schmunzelnd streiche ich ihm durchs Gesicht.

„Keine Angst, Tobias, ich bin nicht aus Glas. Und ich habe nichts gegen dein stürmisches Temperament einzuwenden. Sei ruhig wild und ungestüm. Ich mag das."

„Mein Gott, Nina, du bist so besonders", sagt er mit sanfter Stimme und beginnt endlich, sich langsam in mir zu bewegen. Ich lasse ein enthemmtes Seufzen zu, als er seinen Unterleib wiederholt im behutsamen Tempo gegen mich drückt. „Noch nie habe ich eine Frau so sehr begehrt wie dich", fügt er mit zärtlichen Worten an und ist bemüht, sein Feuer zu unterdrücken – sich nicht wie ein überhitzter Bulle zu geben.

Ich spüre seine Rücksichtnahme, dass er mir zuliebe den Sturm in sich kleinhält, weil er in mir ein graziles Geschöpf sieht, das kaputt gehen könnte. Dabei wünsche ich mir sehnlichst, er ließe sich gehen und brächte sein unterdrücktes, feuriges Wesen zum Vorschein.

„Tobias, bitte nimm mich kräftiger", ermutige ich ihn zur Zügellosigkeit.

„Verflucht, Nina, nichts lieber als das", ist er erleichtert von meiner Aufforderung und stößt seinen Schaft kraftvoll in mich hinein. Ich bäume mich auf, als ich ihn tief in mir spüre, und bin froh, dass er seine Beherrschung aufgegeben hat.

„So hast du's also gern", findet er Gefallen an meinem Wunsch und daran, sich mit heftigen Stößen in mir zu bewegen. Er schiebt seinen Arm unter meinen Rücken und hebt meinen Unterleib etwas an. „Komm her", haucht er mir berauscht entgegen. „Ich will so weit in dich eindringen, dass ich dich zum Aufschreien bringe."

Während er mich zu sich hochzieht fällt er tief in mich ein, sodass er meinen G-Punkt mit jeder prägnanten Berührung zum Auflodern bringt. Mit jedem Stoß bricht er gnadenloser in mich ein. Bis mich urplötzlich eine gewaltige Welle mitreißt, die mich derart unerwartet trifft, dass ich erst nicht begreife, von einem hochexplosiven Höhepunkt überwältigt zu werden, der mich zu einem entfesselten Schrei verleitet.

„Ja, so ist es gut, Nina", treibt er mich an, alles aus mir herauszulassen, und kommt fast im selben Moment wie ich. Er drückt sich ein letztes Mal machtvoll in mich hinein und stöhnt betrunken vor Lust auf, als er von einem gewaltigen Höhepunkt heimgesucht wird.

Ich scheine eingeschlafen zu sein. Mit müden Augen kontrolliere ich die Uhrzeit auf dem digitalen Wecker, den Tobias auf seinem Nachtschrank zu stehen hat. Es ist weit nach Mitternacht und meine goldene Kutsche hat sich gewiss längst in einen Kürbis zurückverwandelt. Ich lächle über meine abwegigen Gedanken, schließlich bin ich bereits mit einem rostigen Kürbis vorgefahren und habe den Prinzen auch ohne Ballkleid für mich gewinnen können.

Tobias liegt erschöpft neben mir und schläft friedlich auf der Seite. Was heute Abend zwischen uns passiert ist, war wunderschön und bleibt für mich sicher unvergesslich. Aber es ändert nichts an meiner Entscheidung: Wir gehören nicht zusammen – leben auf zwei weit voneinander entfernten Kontinenten. Deshalb wäre es unvernünftig, die Sache nicht rechtzeitig zu beenden. Fast schäme ich mich dafür, dass ich es so weit kommen ließ. Ich gab meiner Begierde nach, statt auf meine Vernunft zu hören. Jetzt haben wir den Salat und ich kann zusehen, wie ich meine aufgeflammten Gefühle für Tobias wieder ablösche und zurück in meinen Alltag finde, der mich bisher ausgesprochen zufriedengestellt hat. Ob das auch weiterhin möglich sein wird, lässt sich nicht sagen. Ich befürchte eher, es wird mir schwerfallen, die Gedanken an Tobias abzuschütteln. Letztlich habe ich lange auf jemanden gewartet, der mich so versteht wie er.

Mir ist klar, was ich verliere, wenn ich jetzt gehe. Gleichzeitig ist mir bewusst, was ich aufgebe, wenn ich bleibe. Denn das Leben, das ich führe, habe ich aus voller Überzeugung gewählt. Ich habe nie auf einen Prinzen gewartet, der aus mir eine Frau von Stand macht. Es gibt anderes in dieser Welt, was wirklich von Bedeutung ist: schutzbedürftigen Menschen zu helfen, sich für ein gutes Projekt stark zu machen. Das Tragen von teuren Kleidern und glitzernden Klunkern gehört nicht auf meine Wunschliste. Obwohl ich als Frau natürlich nicht immun bin gegen hübsch anzusehende Klamotten. Bloß kostspielig müssen sie nicht sein.

Liebevoll spiele ich mit der prachtvollen Kette um meinen Hals, die mir Tobias vorhin angelegt hat. Ich kann dieses hochwertige Geschenk von ihm nicht annehmen, das er bestimmt keiner Verführerin überlassen möchte, die ihn nach einer gemeinsamen Nacht skrupellos abserviert. Meine Finger friemeln am Verschluss herum und öffnen ihn. Als ich mir die Kette abnehme, drapiere ich sie in meiner Hand und betrachte die schönen Steine im halbdunklen Zimmer. Selbst in diesem düsteren Licht funkeln sie wie kleine aufblitzende Sternchen, die vom Himmel fallen.

Ich bin dankbar für dieses schöne Geschenk, für alles, was er mir zu geben bereit war, aber es muss hier enden. Ich lege das Prachtstück neben die Uhr auf den Nachtschrank und stehe auf. Mühsam suche ich mir meine Kleidung zusammen, die verstreut im oberen Stockwerk liegt, und tapse leise über das Parkett.

Während ich ein Teil nach dem anderen vom Boden picke, lasse ich meine Gedanken schweifen und erinnere mich daran, wie ich ihm das erste Mal begegnet bin. Ich muss lächeln, als mir einfällt, was er sich herausgenommen und mit welcher unbeholfenen Arroganz er sich aufgespielt hat. Wenn ich zu dieser Zeit geahnt hätte, dass ich mich in ihn verlieben würde, ich hätte mich für verrückt erklärt.

Auf Samtfüßen schleiche ich mich nach unten und finde meinen Autoschlüssel auf dem Wohnzimmertisch. Ich schnappe ihn mir und drehe mich noch mal in alle Richtungen, bevor ich wehmütig zur Tür gehe und weiß, dass ich dieses Haus nie wieder betreten werde.

16

Es ist Samstagabend und ich stehe mit Heike und Marie in der Küche, um Ordnung zu schaffen. Das Café war heute gut besucht und das schmutzige Geschirr hatte sich in der Spüle bereits gestapelt. Nun haben wir das Chaos in den Griff bekommen und den Großteil unserer Arbeit erledigt. Es ist neunzehn Uhr und während wir drei Mädels eifrig in der Küche rumwirbeln, sitzen Ecki, Sven und Kathrin mit Rosa zusammen am Stammtisch und unterhalten sich seit einer Stunde lautstark über Politik und das Weltgeschehen. Offenbar haben sie sich heißgeredet und finden gar kein Ende.

Während Heike und Marie ebenso ununterbrochen miteinander schwatzen, verrichte ich meine Arbeit stumm und in mich gekehrt. Seit einer Woche habe ich Tobias nicht mehr gesehen und unzählbar viele seiner Kontaktversuche abgewehrt. Weder auf Anrufe noch seine Textnachrichten habe ich reagiert, Mailboxnachrichten nicht abgehört. E-Mails ließ ich unbeantwortet. Auch wenn mir meine Entscheidung, ihn nicht wiederzusehen, das Herz zerreißt, ist sie richtig. Tobias und ich sind wie zwei gegensätzliche Pole, deren Wege niemals in die gleiche Richtung führen. Ich kann mich nicht für ihn ändern und er sich nicht für mich. Deshalb ist es für uns beide das Beste, uns nicht erst aneinander zu gewöhnen, sodass eine Trennung immer schwerer fallen würde.

„Also wirklich, Nina", holt mich Heike aus meinen Gedanken, „du solltest Tobi dringend anrufen, sonst sehen wir dich womöglich nie wieder richtig lachen. Seit einer Woche bist du schon ein Trauerkloß."

„Ich finde auch, dass du euch wenigstens eine Chance geben solltest", stimmt Marie mit ein und hängt das Küchentuch an den Haken. „Er scheint mir ein anständiger Kerl zu sein. So ganz anders als die anderen feinen Herren."

Ich lächle über Maries Art, sich auszudrücken, und stelle die letzten Teller zurück in den Schrank.

„Ihr meint es sicher gut mit mir, aber Tobias ist nicht der Richtige für mich."

„Und das sagt wer?", fragt Heike, als sie die leergeräumte Spülmaschine schließt. „Solange du dir diesen Unsinn einredest, Nina, wird er natürlich zur Wahrheit. Versuche es doch mal mit dem Gegenteil."

„Spaßvogel", entgegne ich und schüttle den Kopf.

„Aber das meine ich todernst, Nina", versichert mir Heike zu wissen, wovon sie spricht. „Jeder erschafft sich sein Universum selbst. Du willst glücklich sein, dann sei es einfach! Redest du dir aber ein, ich bin unglücklich, wird es zu deiner Realität."

„Ach was!", winke ich ab. „Du und dein spirituelles Gerede."

„Aber Nina", ist Marie wieder an der Reihe und gibt mir mit Heike das Gefühl, einen wohl überlegten Text ausgearbeitet zu haben, um mich windelweich zu klopfen, „wir alle mögen deinen Tobi …"

„Er ist nicht mein …", will ich gerade einwerfen, als mir klar wird, dass es sinnlos ist, meinen Freunden meinen Standpunkt zu erläutern. Vielleicht haben sie auch Recht und ich stehe mir schlichtweg selbst im Weg. „Womöglich seht ihr ja mehr in ihm, als ich erkennen kann", versuche ich mir zu erklären, warum sie alle so auf ihn abfahren.

„Ach Süße, hast du mal überlegt, dass wir ihn völlig objektiv beurteilen und dadurch mehr zu sehen vermögen als du?", regt mich Heike zum Nachdenken an. „Dieser Mann ist gut aussehend, kultiviert, intelligent, verständnisvoll und ausgesprochen willig, dich in deinem Kampf gegen die Ungerechtigkeiten dieser Welt zu unterstützen. Er ist verdammt reich, verknallt in dich und hat es auf wundersame Weise geschafft, dich wachzuküssen. Nina … seitdem er in dein Leben getreten ist, öffnest du dich endlich. Wir alle sind froh, wie befreit du bist, weil du deinen gesamten Ballast abgeworfen hast. Und nun willst du uns, aber vor allem dir selbst, weismachen, ihr würdet nicht zusammenpassen? Sorry, Mäuschen, aber mit dieser Meinung stehst du vollkommen alleine da."

Ich bin baff über Heikes Worte und darüber, wie schonungslos sie mit mir redet. Kann es sein, dass sie es für nötig erachtet, mir den Kopf zu waschen, weil sie denkt, mit einem geschärfteren Weitblick ausgestattet zu sein als ich?

„Hör mal, Heike", empfinde ich es als angebracht, mich zu verteidigen, „ich will nicht ausschließen, Fehlentscheidungen in meinem Leben zu treffen, aber du kannst mir glauben, dass ich mir stets alles reiflich überlege."

„Entscheidest du auch mal aus dem Bauch heraus oder hat lediglich der Kopf das Sagen?", fragt mich Heike ohne jeglichen Humor in der Stimme. „Du bist 'ne prima Organisatorin, Nina, planst einen Schritt nach dem anderen. Du würdest eine gute Buchhalterin abgeben, womöglich sogar eine erfolgreiche, stocksteife Managerin. Aber im Zwischenmenschlichen hast du eine Menge Nachholbedarf, was durchaus an deinem verkorksten Elternhaus liegen wird."

Sie kommt auf mich zu und schließt mich in ihre Arme. Marie folgt ihr und stellt sich neben uns.

„Wir haben dich gern, Kind, und möchten, dass du glücklich bist", hat sich Heike mit Marie abgewechselt und ihr das Wort überlassen. „Wirf nicht alles gleich weg und gib dir und diesem netten, jungen Mann etwas Zeit, euch besser kennenzulernen. Lauf nicht vor deinem Glück davon."

Sie lächeln mich an und prüfen meinen Gesichtsausdruck, stehen vor mir wie zwei Künstler, die ihr Meisterstück betrachten, an dem sie in mühevoller Präzisionsarbeit wochenlang herumgefeilt haben. Nun scheinen sie kontrollieren zu wollen, ob sich ihr Aufwand gelohnt hat – ihre Arbeit Früchte trägt.

„Wirst du über unsere Worte nachdenken?", fragt Heike und bestätigt meine Vermutung.

„Äh …", will ich mich gerade dazu äußern, als ich Kathrin nach mir brüllen höre.

„**Niiinaa**!!!", grölt sie durchs gesamte Café, als würde sie von einem hohen Turm in die weite Landschaft hineinrufen und auf ein Echo hoffen.

Ich löse unsere Dreierküchenrunde kommentarlos auf (schließlich muss ich erst mal nachdenken, ob ich über ihre Worte nachdenke) und flüchte regelrecht vor Heike und Marie, um wider Erwarten in die nächste unerwünschte Situation zu schlittern: Tobias steht wie ein Schlächter mitten im Raum mit finsterer Miene und verschränkten Armen. Ich wage es kaum, ihm näher zu kommen und bleibe in sicherer Entfernung stehen.

„Das war es also, Nina?", redet er sofort drauflos und erspart sich eine unnötige Begrüßung. „Du verschwindest so geräuschlos, wie du gekommen bist, nach einer einzigen verdammt schönen Nacht?"

Mir schießt die Röte ins Gesicht, als mir klar wird, dass er vor meinen Freunden kein Blatt vor den Mund nimmt und ungeniert Details ausplaudert, die eigentlich nur für unsere Ohren bestimmt sein sollten. Ich bin gehemmt, etwas darauf zu erwidern, und starre Tobias an wie ein verunsichertes Schulmädchen, das an der Tafel steht und die Rechenaufgabe nicht lösen kann. Ich spüre, wie alle Blicke auf mir ruhen, Marie und Heike sich hinter mir am Ausgang der Küche positionieren. Ecki gibt mir Zeichen, endlich ein paar Weisheiten von mir zu geben, um die Lage zu entschärfen, aber ich bin verkrampft wie ein Lehrling bei seiner Meisterprüfung, der mit einem mächtigen Brett vorm Kopf zu kämpfen hat.

„Mensch, Ninchen, nun sach doch wat", wirkt Ecki wie ein verzweifelter Souffleur, dessen vorgeflüsterte Texte ungehört im Saal verpuffen.

Tobias versenkt seine Hände in den Jackentaschen und schaut zu Boden, um mir kurz darauf einen erbitterten Blick zuzuwerfen.

„Seit einer gottverfluchten Woche bereits versuche ich, dich zu erreichen!", befinden wir uns offenbar noch ganz am Anfang der Standpauke, die mich nun erwartet. „Wieso gehst du nicht an dein Telefon, beantwortest meine Textnachrichten und E-Mails nicht?"

Er macht eine Pause, um mir Zeit für eine einleuchtende Antwort zu geben, aber auch hierauf weiß ich nichts zu sagen, solange ich von allen Seiten wie eine Verbrecherin angestiert werde.

„Also schön", sagt er und zieht sich seine Jacke aus. Er wirft sie über einen Stuhl und geht ein paar Schritte auf und ab, bevor er sich die Ärmel hochkrempelt. Hoffentlich holt er jetzt nicht zum finalen Schlag aus. „Ich werde erst gehen, wenn du mir erklärt hast, was mit dir los ist", sagt er und lehnt sich an einen Tisch.

„Ist das eine Drohung?", fühle ich mich provoziert.

Ich höre, wie meine Freunde aufstöhnen, und sehe Ecki den Kopf schütteln. Ihrer Einschätzung nach habe ich eben das Falsche gesagt.

„Nein, das ist ein Angebot", lässt Tobias es so aussehen, als wollte er mich vor mir selbst retten.

Na prima! Wie es scheint, werde ich aus dieser verrückten Lage nicht entkommen können. Tobias' Hartnäckigkeit ist erstaunlich – beinahe bewundernswert. Er wird nicht eher Ruhe geben, bis ich mich dazu geäußert habe, und erwartet zweifellos eine Erklärung, die ihm plausibel vorkommt. Die Aufmerksamkeit meiner Freunde haben wir sicher – sie warten gespannt darauf, was ich zu sagen habe. Vielleicht irre ich mich ja, aber sie wirken wie eine Horde Geier, die sich mit dem auf Beute lauernden Löwen verbündet haben, um die Fleischmahlzeit gemeinsam zu reißen.

„Es tut mir leid, dass ich mich heimlich davongeschlichen habe", bin ich erleichtert, einen Anfang gefunden zu haben, bevor mich die Meute in meine Einzelteile zerlegt. „Ich hätte mit dir reden, dir meine Beweggründe erklären müssen."

Ich sehe, wie sich Rosa und Kathrin zunicken, als wären sie zufrieden mit mir und meiner Verteidigungsstrategie. Sven rückt am Tisch weiter vor, um meine Worte besser zu vernehmen.

Tobias' Blick hellt sich etwas auf, während sich seine starre Körperhaltung aufzulockern beginnt. Offenbar ist es mir gelungen, das Richtige zu sagen und meine drohende Zerfleischung vorerst abzuwenden.

„Ich weiß, dass ich mich falsch verhalten habe, und ich schäme mich dafür", fahre ich fort, mich zu entschuldigen. „Manchmal macht man halt dumme Sachen, wenn man sich vor den Folgen der eigenen Fehler fürchtet."

„Welche Fehler meinst du?", fragt Tobias und wirkt nicht glücklich über das Gehörte.

„Ich hätte nicht zulassen dürfen, dass wir uns so nahekommen."

„Warum nicht, verfluchter Mist?", habe ich ihn fraglos gekränkt. Er löst sich von dem Tisch, an den er sich bis eben lehnte, und wischt sich strapaziert durchs Gesicht. „Was habe ich falsch gemacht?"

„Gar nichts", bin ich entsetzt, dass er meine Aussage auf sich bezieht. „Mein Gott, Tobias, es liegt nicht an dir, sondern an mir." Ich mache einen Schritt auf ihn zu, bewahre aber weiterhin Abstand zwischen uns. „Ich kann nicht mit dir zusammen sein, weil meine Lebensart eine völlig andere ist als deine. Du wohnst in einem hochherrschaftlichen Haus, leitest einen Großkonzern und bewegst dich in Kreisen, die mir fremd sind. Ich passe da nicht rein und will es auch nicht. Es gibt genügend Frauen, die das toll finden werden, aber ich eigne mich nun mal nicht als Prinzessin, Tobias – das habe ich nie!"

„Glaubst du, das weiß ich nicht?", wirkt er erbost, dass ich zu seinem Leidwesen nicht erkenne, wie gut er mich bereits verstehen gelernt hat. „Ich habe nicht vor, dich in irgendeine Form zu pressen, Nina. Erinnerst du dich denn nicht mehr daran, was ich dir letzte Woche gesagt habe? Ich erwarte nicht, dass du dich mir anpasst, und bin sogar bereit, dir so weit entgegenzukommen, wie du es brauchst, um dich in meiner Welt wohlzufühlen. Dein Engagement hier im Café oder in anderer Form werde ich unterstützen. Du sollst die Person bleiben, die du bist – was anderes würde mir auch nicht gefallen."

Er verkürzt den Abstand zwischen uns um weitere Schritte und baut sich vor mir auf.

„Ich bin kein Prinz, Nina, sondern ein Geschäftsmann, und das mit Leib und Seele. Weder dir noch mir wird es gelingen zu ändern, wer oder was wir sind. Aber mit etwas Toleranz und Verständnis können auch zwei Menschen zueinanderfinden, die auf den ersten Blick verschieden wirken und dennoch mehr gemeinsam haben, als es den Anschein hat.

Er sieht mich erwartungsvoll an, hofft sicherlich, dass ich seine beeindruckenden Worte kommentiere. Aber ich höre ihm wie versteinert zu und bin begierig darauf zu erfahren, was er sonst noch zu sagen hat.

„Das sogenannte hochherrschaftliche Haus wollte ich ohnehin verkaufen, da ich die Vergangenheit mit Caro endgültig abzuschließen beabsichtige", teilt er mir mit und spürt anscheinend, dass sein Kampf um mich noch nicht gewonnen ist. „Mir ist egal, wo ich wohne, Nina, Hauptsache mit dir zusammen, sodass ich am Abend in dein schönes Gesicht sehen kann."

Ich höre, wie Heike und Marie hinter mir zu jauchzen beginnen und Kathrin und Rosa ein freudiges Grinsen aufsetzen. Sven und Ecki reiben sich lediglich das Kinn und fragen sich bestimmt, weshalb sie selbst nie darauf gekommen sind, eine Frau mit solch kraftvollen Worten um den Finger zu wickeln.

„Das allein ist es nicht, Tobias", mache ich klar und möchte ihn am liebsten in den Arm nehmen für seinen mutigen Vorstoß, hier zu erscheinen. Immerhin ist er umzingelt von meinen Freunden, die jedoch sanftmütig mit ihm umgehen, weil sie ihn der Reihe nach ins Herz geschlossen haben. „Es gibt so viele Ähnlichkeiten zwischen deinem Leben und meinem vergangenen. Ich habe alles hinter mir lassen wollen und mit dir an meiner Seite wäre die Vergangenheit rund um die Uhr präsent."

„Verstehe", bemerkt Tobias und überlegt, was er darauf erwidern kann.

„Aber dafür kann der Junge doch nüscht", wirft Ecki ein. „Dit musste lernen zu überwinden."

„Vielleicht sollten wir die beiden mal alleine lassen", hat Rosa einen großartigen Einfall. Denn unter solch erschwerten Bedingungen – von Zeugen umringt zu sein – bin ich viel zu befangen, um eine vernünftige Aussprache zu führen.

„Ja, lasst uns aufbrechen", bläst Kathrin ebenfalls zum Aufbruch. „Nina kann den Laden auch ohne uns zuschließen."

Ich beobachte, wie sich alle ihre Jacken überziehen und zur Tür gehen, doch bevor Ecki die Klinke runterdrückt, wendet er sich Tobias und mir noch einmal zu.

„Hör mal, Tobi, die Kleine braucht nur 'n bisschen Zuspruch. Versau's nicht!", sagt er und geht nach draußen. Sven folgt ihm stumm, Heike und Kathrin zwinkern mir zu, während Marie und Rosa zum Abschied winken, als sie das Café als Letzte verlassen.

Tobias lächelt über Eckis Bemerkung und wartet, bis die Tür ins Schloss gefallen ist. Kurz darauf zieht er mich ungefragt in seine Arme und verblüfft mich mit seinem Vorgehen. Eher hätte ich damit gerechnet, dass er sich durch die Dinge, die ich ihm soeben offenbart habe, von mir abwendet. Immerhin hat er keinen Einfluss darauf, dass sein Leben durchtränkt ist mit Parallelen, die mich an eine furchtbare Zeit erinnern.

„Hör zu, Nina", beginnt Tobias unser Vieraugengespräch und streicht mir liebevoll durchs Haar. „Ich will mit dir zusammen sein und ich weiß, dass du im Grunde genau das Gleiche möchtest, dich aber nur vor Veränderungen fürchtest. Ich verstehe deine Bedenken und ich werde alles in meiner Macht Stehende tun, damit dich nichts in unserem gemeinsamen Leben an die Vergangenheit erinnert. Versuch mir einfach zu vertrauen."

Ich löse mich von ihm, gehe in mich gekehrt einige Schritte durch den Raum, bevor ich mich auf einen der Tische setze und mir das Hirn zermartere.

„Warum schreckt es dich nicht ab, wie ich mich dir gegenüber verhalten und was ich zu dir gesagt habe?", bin ich angetan von seiner Beharrlichkeit um mich zu kämpfen. „Ich habe dich von mir gestoßen und doch stehst du nun hier und lässt nicht locker."

„Das ist wohl etwas völlig Neues für dich, nicht aufgegeben zu werden", bringt er die schmerzliche Tatsache auf den Punkt.

„Ja, leider", bestätige ich bedrückt und erwarte gespannt seine Antwort.

Langsamen Schrittes bewegt er sich zu mir und setzt sich neben mich auf die Tischplatte. Sein Arm schlängelt sich reptilienartig um meine Hüften, als wäre er ein Python auf Beutezug, und drückt uns aneinander.

„Jedes Atom in mir spürt, dass wir zusammengehören, Nina", vermittelt er mir eine ungekannte Sicherheit, aufrichtig gemocht zu werden. „Ich werde dich nicht mehr gehen lassen, das habe ich dir sagen wollen, als du verunsichert behauptet hast, mit mir schlafen zu wollen." Er legt mein widerspenstiges Haar auf die andere Seite, um einen Blick in mein Gesicht zu erhaschen. „Es gibt nichts, was du sagen oder tun könntest, das mich abschrecken würde", fährt er fort, mich zu begeistern. „Du bist die Frau, von der ich immer geträumt habe: intelligent, aufrichtig, liebenswert, bescheiden und verboten sexy."

Er schenkt mir ein Lächeln voller Zuversicht, möchte meine Zweifel auflösen.

„Gib mir eine Chance, Nina, und du wirst erkennen, dass ich nur eines im Sinn habe: dich glücklich zu machen."

An dieser Stelle legt er eine schöpferische Pause ein, prüft nach, ob mich seine Worte erreichen, indem er mein Gesicht mit dem Zeigefinger in seine Richtung führt.

Ich sehe ihn an – aufgewühlt und hoffnungsvoll, ihm meine Seele anvertrauen zu können. Erst jetzt erkenne ich die Einzigartigkeit unserer Begegnung, dass meine Gefühle – genauso wie seine – unzerstörbar sind und eine Welt ohne ihn undenkbar geworden ist. Sobald ich mich von ihm lossagen wollte, verdüsterte sich mein Alltag. Nichts bereitete mir mehr Freude und meine Energie verschwand ungenutzt in einem dunklen Abfluss. Nun, da er bei mir ist und wir uns so nah sind, wie nie zuvor, wünsche ich mir, ich könnte meine abweisenden Worte ungeschehen machen.

Ich möchte ihn befreit umarmen und für seinen unbeirrten Kampf um meine Person danken.

„Womöglich sollte ich dein Angebot noch mal überdenken, als deine rechte Hand zu arbeiten", sage ich stattdessen und beobachte neugierig seine Mimik. „Ist denn das Büro noch frei, das du für mich vorgesehen hattest?"

Ein breites Schmunzeln bildet sich in seinem Gesicht, gepaart mit einem Kopfschütteln.

„So sehr mir diese Vorstellung auch gefällt", erwidert er ablehnend, „aber im Moment zählt für mich nur, dich in meinem Leben zu wissen, und das am besten mit Haut und Haar. Zieh mit mir zusammen, Nina – jetzt und sofort."

Seine Augen beginnen zu glänzen und sein Blick bohrt sich wie eine Schraube in mich hinein.

„In dein Haus?", widerstrebt mir der Gedanke, in seiner Luxusherberge zu wohnen.

„In unserer Wohnung – hier in Altona", versetzt er mich ins Staunen. „Ich habe dieses Haus gekauft."

Er grinst verschmitzt vor sich hin und amüsiert sich über meine verdutzte Reaktion. Um mir Zeit zu geben, die überraschende Neuigkeit aufzunehmen, lässt er das Gesagte einen Augenblick wirken.

„Äh …", bin ich geplättet wie ein Pfannkuchen. Ich möchte etwas entgegnen, doch noch bin ich dabei, mein plötzliches Durcheinander in meinem Schädel zu ordnen.

„Unterm Dach gibt es eine traumhafte Maiso-nettewohnung mit einer wundervollen Terrasse. Der Blick von da oben ist atemberaubend und wird dir bestimmt gefallen", preist er die Unter-kunft wie ein geschäftstüchtiger Makler an. „Au-ßerdem hättest du es nicht weit zum Café. Ich glaube, es sind bloß drei Stockwerke."

„Das ist verrückt!", sage ich völlig aus dem Häuschen und strahle ihn hingerissen an. „Du konntest unmöglich ahnen, wie ich heute Abend reagiere, und musstest damit rechnen, dass ich dir einen Korb gebe."

„Aber nicht doch, ich wusste genau, welche Wirkung mein unwiderstehlicher Charme auf dich hat", trumpft er selbstgefällig auf und legt ein freches Grienen auf.

„Moment mal", bremse ich sein süffisantes Gebaren, „es war ja wohl eher so, dass du *meinem* Charme hoffnungslos erlegen warst – und das von Anfang an."

„Erwischt!", gibt er zu und erhebt sich von der Tischplatte, um mich kurz darauf ebenfalls auf die Füße zu ziehen – direkt in seine Arme. „Einigen wir uns einfach darauf, dass keiner von uns bei-den mehr ohne den anderen kann. Und glaub mir, Nina, jeder einzelne Tag ohne dich war die reinste Folter."

„Mir erging es nicht besser", gestehe ich und umschlinge seine Hüften, um mich wie ein Mag-net an ihn zu pressen.

„Es tut gut, das zu hören", lässt er durchblicken, nicht ganz so siegessicher gewesen zu sein, und drückt mich fester an sich. Minuten vergehen, in denen wir lediglich zusammen stehen und unsere innige Umarmung aufrechterhalten. Alles andere um uns herum verschwimmt – wo wir uns befinden, wie beschwerlich es war, zueinanderzufinden. Wir umklammern uns wie zwei Ranken, die von nun an unlösbar miteinander verbunden sind, um gemeinsam dem Licht entgegenzuwachsen.

„Hey", sagt Tobias und löst sich etwas von mir. „Was hältst du von einer Spritztour durchs Haus?"

Er kramt einen Schlüsselbund hervor, den er sich aus der Hosentasche zieht, und hält ihn mir vors Gesicht.

„Das würde mir gefallen", antworte ich erfreut und spüre die Neugier in mir anwachsen.

„Fangen wir mit Eckis Wohnung an?", fragt er mit spitzbübischer Miene und prüft meinen verblüfften Blick, an dem er sich genüsslich weidet.

„Eckis Wohnung?", wiederhole ich mit angehobener Augenbraue und bemühe mich, die Bausteine richtig anzuordnen.

„Ich habe mir erlaubt, sie schon mal einrichten zu lassen. Hoffentlich treffen die Möbel seinen Geschmack", redet Tobias munter weiter und streicht mir schmunzelnd durchs Haar.

„Aber …?", fehlen mir die Worte. Ich sehe ihn mit offenem Mund an und lasse ein paar Tränen gewähren, die sich ihren Weg über meine Wange suchen.

„Seinen Arbeitsvertrag habe ich bereits schreiben lassen", fährt Tobias fort, meine Gefühle übersprudeln zu lassen. „Bei Kronberg suchen wir händeringend einen Mitarbeiter fürs Lager. Meinst du, der Job würde ihm gefallen?"

„Oh Gott, Tobias!", rufe ich aus und falle ihm beinahe hysterisch um den Hals. „Danke!", kann ich gerade noch sagen, bevor mir die Freudentränen fontänenartig aus den Augen schießen.

„War das jetzt ein Ja?", fragt er, als wüsste er nicht, wie glücklich mich sein Angebot macht, Ecki zu helfen.

„Ja!", bestätige ich ihm seine unnötige Frage und bin ergriffen davon, wie weit Tobias' Hilfsbereitschaft geht.

„Gut", lächelt er wie ein Lausbub, der etwas ausgefressen hat, aber sicher ist, heil aus der Sache rauszukommen, „dann können wir unseren Rundgang ja starten."

17

Liebevoll drapiere ich die Sechzig aus Zuckerguss auf dem Kuchen, den ich anlässlich Eckis Geburtstags heute Morgen gebacken habe.

Zwei Jahre sind inzwischen vergangen und Tobias und ich leben glücklich zusammen in der schönen Penthousewohnung, die er für uns in ein kleines Paradies umgestalten ließ. Die Einrichtung ist hell und vor allem aus Naturholz gefertigt. Parkettböden und eine Menge Pflanzen runden das Bild ab, sodass ich mich an manchen Tagen wie in einem Dschungel fühle.

An mein vergangenes Leben erinnert mich hier gar nichts. Zeit fürs Café Nächstenliebe und die Menschen, die dort Schutz suchen und auf eine warme Mahlzeit hoffen, habe ich zur Genüge.

Gleichzeitig bin ich bei Tobias in die Lehre gegangen und habe viel über die Führung des Unternehmens gelernt. Ich unterstütze ihn bei seiner Arbeit und habe sogar Spaß dabei. Wie von ihm prophezeit, habe ich schnell in dieses Aufgabengebiet reingefunden. Und eine leitende Position bereitet mir heute kein Kopfzerbrechen mehr. Gelegentlich mische ich mich allerdings gerne mal unters Dekoteam und gestalte das eine oder andere Schaufenster mit. Meine kreative Seite soll schließlich nicht verkümmern.

Ecki hat sich zum Lagerleiter emporgearbeitet. Er trägt halt ein Führungs-Gen in sich, das Tobias sofort in ihm aufgespürt hat. Es ist erstaunlich, wie gut er seine Mitmenschen zu beurteilen vermag. Auch in dieser Hinsicht kann ich einiges von ihm lernen.

Meine Mutter sitzt eine zweijährige Haftstrafe ab wegen Veruntreuung von Geldern, die sie kurz vor der Insolvenz vor den Gläubigern in Sicherheit bringen wollte. Es handelte sich um Beträge in Millionenhöhe, sodass die Richter eine Bewährungsstrafe ausschlossen. Sie bekam die Strafe, die sie verdiente. Mitleid habe ich keines. Im Gegenteil. Vielleicht wird die Zeit im Gefängnis etwas in ihr verändern – sie läutern. Ich hoffe es für sie. An einem späteren Kontakt bin ich dennoch nicht interessiert. Ich habe mit ihr abgeschlossen – und mit allem, was ich mit ihr verbinde.

Von nun an zählt nur noch eines: mein Glück mit Tobias, das durch unsere Freunde und unser neues Leben komplett ist.

Heute Abend steigt eine kleine Überraschungsparty unten im Café, zu der jeder etwas zu essen mitbringen wird. Ecki ist natürlich ahnungslos, aber wir haben seine neue Freundin Barbara eingeweiht, die ihn zur verabredeten Zeit nach unten locken soll.

„Das sieht toll aus", lobt mich Tobias, als er unsere Küche betritt und mein Kunstwerk begutachtet.

„Hoffentlich schmeckt der Kuchen auch so gut, wie er aussieht", bin ich mir nicht sicher, ob er gelungen ist.

„Dann knabbere ich halt an dir", schlägt Tobias vor und beißt mir zärtlich in den Hals. Ich kichere, als mich seine Bartstoppeln zu kitzeln beginnen, und schiebe ihn von mir weg. „Hey warte", beschwert er sich, „ich war noch nicht fertig."

Als er seinen Arm nach mir ausstreckt, flüchte ich lachend aus der Küche. Tobias heftet sich an meine Fersen und holt mich im Flur ein.

„So leicht entkommst du mir nicht", macht er klar, sich nicht abschütteln zu lassen, und greift nach mir, um mich rückwärts an sich zu ziehen. „Komm her, meine kleine Zuckerschnecke. Jetzt nehme ich mir meinen Anteil an der Süßspeise."

Ich schreie auf, als er an meinem Nacken ausgiebig zu nagen beginnt, und bekomme vor Lachen kaum noch Luft.

„Aufhören, das kitzelt!", bettle ich um Gnade, als mich das Schellen an der Tür rettet.

„Glaub nicht, dass du nun erlöst bist, meine Schöne", verkündet er, die Sache zu einem anderen Zeitpunkt fortzuführen. „Heute Nacht werde ich an jeder Stelle deines Körpers naschen, und das so lange, bis ich satt bin."

„Das klingt verheißungsvoll", sage ich heiter und drehe mich zu ihm herum, um ihn zu küssen. „Vergiss aber nicht, dass es heute spät werden kann. Die Gäste bringen Sitzfleisch mit."

„Denkst du etwa, ich könnte nachher zu müde sein?", fragt er empört.

„Ich hoffe nicht", mache ich deutlich, was ich später von ihm erwarte.

„Du bist ja unersättlich", macht sich ein Anflug von Vorfreude bei ihm bemerkbar und sorgt für weitere Heiterkeit, als er die Tür für Heike und ihren Mann öffnet.

„Na, ihr scheint bereits eine Menge Spaß zu haben", stellt sie fest, während sie uns begrüßt.

„Und das nimmt gar kein Ende", deutet Tobias an und zieht sich schmunzelnd sein Sakko über.

„Ihr habt euch wirklich gesucht und gefunden", sagt Heike amüsiert.

Tobias legt seinen Arm um meine Schultern und küsst mich aufs Haar.

„Allerdings", bestätigt er fröhlich ihre Bemerkung. „Und jetzt lasst uns feiern!"

Leseprobe:

„Kein Sex mit einem Casanova"
von
Sabine Richling

1

Ich blicke in den Spiegel und bewundere mich. Was bin ich doch für eine außergewöhnlich attraktive junge Frau. Die Schöpfung hat bei mir ganze Arbeit geleistet und mir langes blondes Haar geschenkt, das mir in sanften Wellen bis zu den schlanken Hüften reicht. Meine Augen leuchten blau wie das karibische Meer und mein hübsches Gesicht sieht auch mit Mitte dreißig so glatt wie das einer Teenagerin aus. Kurzum: Ich bin eine Schönheit, ein wahrer Männertraum!

Mein Name ist Eva und ich bin unsympathisch. Schon als Kind wurde ich nicht gemocht, weder von meinen Mitschülern noch von meinen Eltern. Auch meine Schwestern – drei an der Zahl – hassten mich und somit kam, was kommen musste: Ich entwickelte mich zum schwarzen Schaf der Familie, zur Außenseiterin.

Ich konnte es niemandem wirklich recht machen, alles, was ich tat oder sagte, war in ihren Augen falsch. Ich gebe zu, ich war von jeher exzentrisch und etwas anders denkend, habe meine Meinung immer lautstark herausposaunt, ob man mich nach meiner Ansicht gefragt hat oder nicht. Aber soll ich denn schweigen, wenn allzu deutlich wird, dass jemand uninformiert ist und Unsinn daherredet? Ich kann das jedenfalls nicht, darum habe ich ein verboten vorlautes Mundwerk.

Meine Leistungen in der Schule waren hervorragend, aber selbst die Lehrer konnten mich nicht leiden. Immerzu fuhr ich ihnen über den Mund und meinte, alles besser zu wissen. Na ja, so war es ja auch! Ich verfüge über ein überdurchschnittliches Gedächtnis. Sobald ich etwas lese, speichere ich es ab. Ich bin eben furchtbar schlau und lasse auch ständig den Besserwisser raushängen.

Manchmal habe ich wirklich das Gefühl, nur von Dumpfbacken umgeben zu sein. Mein Gott, dieses Halbwissen der Leute geht mir ehrlich auf die Nerven!

Auch in der Schule wurde ich zur Außenseiterin, keiner wollte was mit mir zu tun haben. Ich hatte niemals Freunde, nicht mal eine Busenfreundin, mit der ich mich zum Bummeln verabreden konnte und zum anschließenden Kaffeekränzchen, um über Männer und Schminke zu fachsimpeln.

In meiner Klasse war ich nicht die einzige Randfigur. Da gab es noch Luise – das Mauerblümchen. Ihr Stimmchen war so zart wie ein Windhauch, ebenso ihre Statur. Herrje, sie war so zerbrechlich, dass auch ich nichts mit ihr zu tun haben wollte. Ich verabscheue schüchterne Menschen, die haben hier auf dem Globus nichts verloren. Sie sind die Minderwertigen der Gesellschaft und schwächen die Gemeinschaft. Meine Abneigung ihr gegenüber habe ich deutlich gemacht. Sobald sie es wagte, mich anzusprechen, hat sich mein ohnehin zickig klingender Ton noch multipliziert. Trotzdem schien sie mich gemocht zu haben. Wahrscheinlich war sie der einzige Mensch meiner Jugend, der es wirklich ehrlich mit mir meinte. Doch hey, eine Eva Kramer, schön und gebildet, gibt sich nicht mit Losern ab. Schließlich bin zu Höherem berufen. Ich will emporsteigen, mit der Crème de la Crème verkehren und von weit oben runterschauen auf die Nichtsnutzigen, die, die ununterbrochen jammern über ihr Leben und ihre Unvollkommenheit und beruflich nichts erreichen. Statt sich aus ihrem Elend herauszukämpfen, etwas zu lernen und zu bewegen, suhlen sie sich in ihrem kontraproduktiven Dasein und fühlen sich auch noch ungerecht behandelt. Sie zeigen mit dem Finger auf reiche Leute, auf die Regierung oder Firmenbosse und suchen die Schuld stets bei anderen. Dass sie ihren eigenen Hintern nicht bewegt bekommen, wird dabei geflissentlich übersehen. Jeder kann alles erreichen, wenn er nur will. Erfolglose Menschen wollen es demzufolge eben nicht und haben in meiner Welt einfach nichts verloren.

Aus diesem Grund habe ich auch den Kontakt zu meiner Familie abgebrochen. Sie sind allesamt Taugenichtse. Meine Eltern haben uns mit Ach und Krach durchbekommen mit ihrem mickrigen Einkommen. Mein Vater war Sachbearbeiter in einem Getränkeunternehmen, meine Mutter Hausfrau. Keine Ahnung, wie man mit der Hausfrauenrolle zufrieden sein kann. Das ist doch vergeudete Zeit. Aber bitte, wer es mag, so zu leben, sich täglich mit Kinderbrei und Windeln wechseln beschäftigen will, soll sich keinen Zwang antun. Ich weiß da Besseres mit meinem Leben anzufangen.

Meine Schwestern haben handwerkliche Berufe ergriffen. Die eine ist Friseurin, die mittlere Gärtnerin und die jüngste Elektrikerin. Sorry, aber damit kommt man doch nicht weit im Leben – gerade mal bis zur Abbruchkante und danach geht's nur noch bergab.

Um mich von der Wertlosigkeit meiner Familie nicht runterziehen zu lassen, war es das Beste für mich, meinen eigenen Weg einzuschlagen und sämtliche Kontakte dorthin einzufrieren. Und ehrlich gesagt, fahre ich ohne ihre ständige Kritik an mir schlicht besser. Nie war ich in ihren Augen richtig, was ich auch sagte, alles wurde auf die

Goldwaage gelegt und immerzu reagierten sie pikiert. Dabei nenne ich die Dinge lediglich beim Namen, sage halt, was ich denke. Sie sind doch selbst schuld, wenn sie gleich beleidigt sind und die Wahrheit nicht aushalten. Ich musste ja ihre wachsende Rummäkelei an mir auch ertragen.

Ohne sie bin ich zufriedener. So gesehen fühle ich mich grundsätzlich ohne Menschen wohler. Aber ich bin nun mal nicht die Einzige auf dem Erdball und muss akzeptieren, dass niedere Menschen meinen Weg kreuzen, ob mir das passt oder nicht.

Gerade habe ich Mittagspause, die ich selbstverständlich alleine verbringe. Meine Kollegen wollen mit mir nichts zu tun haben. Ich lege ebenfalls keinen Wert auf ihre Gesellschaft. Immerhin bin ich in leitender Position eines großen Bekleidungsunternehmens, da gebe ich mich mit dem Fußvolk nicht ab. Außerdem habe ich vor, meine Karriere voranzutreiben, da sind mir kleingeistige Mitarbeiter nur im Weg.

Ich arbeite gerade daran, die Geliebte meines Bosses zu werden. Bisher ist es mir stets gelungen, den Mann meiner Wahl zu verführen. Solange ich einen Vorteil daraus schlagen kann, bin ich nicht wählerisch. Er muss lediglich vermögend sein und mein berufliches Vorankommen beeinflussen können. Der Rest ist mir egal. Am Ende kommt es nur darauf an, was unterm Strich für mich herauskommt. Wenn nötig, führe ich sogar Gott in Versuchung. Als mächtigstes Wesen im Universum steht er ganz oben auf meiner Liste. Jedoch gestaltet sich ein Date mit ihm schwierig, immerhin ist er nicht einfach so verfügbar. Aber ich bleib dran, denn mein Ziel ist es, reich und mächtig zu werden. Und dafür bin ich bereit, alles zu tun. Das ist mein Kredo!

Ich betrete das gemütliche Café, in dem ich meine Pause bevorzugt verbringe. Als Stammkundin steht mir seit einigen Jahren ein kleiner, einsam gelegener Tisch zu, der stets um dieselbe Uhrzeit für mich frei gehalten wird. Die Mitarbeiter des Cafés sind die einzigen Menschen, die nett zu mir sind, was daran liegen mag, dass mein Trinkgeld für sie mehr als großzügig ausfällt. In der Regel bin ich Fremden gegenüber nie in Geberlaune. Wenn ich aber das Gefühl habe, jemand ist fleißig, kann sich meine Stimmung in dieser Hinsicht auch mal wandeln. Kommt allerdings bloß in Ausnahmefällen vor. Ich bin schließlich nicht der Weihnachtsmann. Außerdem muss auch ich für mein Geld hart arbeiten.

Ich nehme Platz an meinem Tisch und kaum sitze ich, fegt Pia heran, um meine Bestellung aufzunehmen.

„Das Übliche, Frau Kramer?", erkundigt sie sich, obwohl ihr längst klar ist, dass meine Antwort ja lauten wird.

„Ja", gebe ich also erwartungsgemäß zurück und lächle sie an. Immerhin strahlt sie wie die Morgensonne, in der Hoffnung auf gutes Trinkgeld.

„Gerne", flötet sie mir zu und fliegt davon.

„Entschuldigung, ist bei Ihnen noch ein Platz frei?", fragt mich ein gut aussehender, hochgewachsener junger Mann mittleren Alters.

Mir friert das Lächeln ein, das ich vergessen hatte, rechtzeitig aus dem Gesicht zu löschen.

„Nein, tut mir leid", antworte ich kratzbürstig, „das ist mein Tisch."

„Aber an *Ihrem* Tisch scheint mir genug Platz für zwei zu sein. Hier steht ein zweiter Stuhl und meine kleine Tasse Kaffee, die ich trinken möchte, wird Sie bestimmt nicht weiter stören", erwidert er grinsend und zwinkert mir zu.

In Gedanken rolle ich mit den Augen. Der Kerl mag ja übermäßig attraktiv aussehen (erstaunlich, wie ein einzelner Mensch so viel innerliche und äußerliche Schönheit ausstrahlen kann), aber er ist auch unerträglich penetrant. Meine Güte, was mache ich jetzt bloß? Ich will alleine sein, merkt er das nicht?

„Nun geben Sie sich einen Ruck", fügt er schmunzelnd an und zieht sich bereits den Stuhl zurecht. Jedoch besitzt er die Höflichkeit, weiterhin auf meine Antwort zu warten, statt sich einfach zu setzen.

„Also schön", gebe ich leicht gereizt von mir, „Sie haben mich überredet."

Dabei waren seine Argumente fadenscheinig. Als ich mich umsehe, fallen mir freie Plätze auf. Er hätte auch woanders fragen können, doch er musste ausgerechnet meine Ruhe stören.

„Ich wusste, Sie sind eine nette und charmante junge Frau", sagt er zu meiner Überraschung und nimmt mir gegenüber Platz.

„Da muss Ihr Urteilsvermögen aber getrübt sein. Mich findet niemand nett, schon gar nicht charmant."

Seine Mundwinkel verziehen sich zu einem amüsierten Lächeln.

„Und witzig sind Sie auch noch", vervollständigt er sein fehlerhaftes Meinungsbild über mich.

„Tut mir leid, Sie enttäuschen zu müssen, aber ich verfüge über keinerlei natürlichen Witz oder Humor. Ich bin steif wie ein Sahnehäubchen und zum Lachen gehe ich nicht mal in den Keller, denn ich lache nie."

Plötzlich bricht mein Tischgenosse in schallendes Gelächter aus. Was ihn allerdings so erheitert, bleibt mir verborgen, denn meine Worte waren bitterernst gemeint und eher als Warnung zu verstehen. Sie sollten ihn abschrecken und jeglichen Flirtversuch im Vorfelde abwürgen. Ich lege keinen Wert auf Zufallsbekanntschaften, ich habe andere Pläne.

Nur mühsam fängt er sich wieder und als seine Lachfältchen um die Augen langsam wieder verschwinden, beginnt mir dieser liebenswerte Anblick schon zu fehlen. Häh …?

„Nein, ich muss mich korrigieren", schwenkt er unerwartet um und sieht mich mit ernster Miene an. „Sie sind eine einsame Wölfin und geben sich unnahbar, um von niemandem verletzt zu werden."

Sofort unterbreche ich unseren Augenkontakt und blicke auf die Zuckerdose vor mir.

„Und Sie sind wohl Psychologe", erwidere ich und erneuere unseren Blickkontakt. Dabei stelle ich fest, dass er wieder zu lächeln beginnt. Bis eben befürchtete ich schon, von ihm analysiert zu werden. Jetzt bin ich froh, dass seine flüchtige Ernsthaftigkeit sogleich verflogen ist. Ich kann es nicht ausstehen, wenn andere mein Innenleben auseinander nehmen wollen. Meine Psyche gehört mir! Da lass ich niemanden ran. Nur mich selbst und ich will mich mit ihr nicht beschäftigen, deshalb bleibt sie jungfräulich unangetastet.

„Oh nein", streitet er meine perfekt hergeleitete Hypothese ab. „Ich beschäftige mich zwar mit Menschen, aber anders, als Sie denken."

„Woher wollen Sie wissen, was ich denke?", frage ich eine Spur zu unhöflich. Aber ich sitze ja auch nicht hier, um mich mit fremden Männern zu unterhalten, sondern um meine wenige freie Zeit in Frieden zu verbringen. Dieser wird nun unverhohlen gestört, das finde ich unerhört!

Er schlägt seine Beine übereinander und nimmt eine bequeme Sitzhaltung ein.

„Nun ja, ich will es mal so ausdrücken: Mit Ihrer Aura senden Sie deutliche Zeichen", behauptet er allen Ernstes. „Darin kann man lesen wie in einem Buch."

„Und Sie verstehen sich im Auralesen?", möchte ich wissen und fühle mich unwohl bei dem Gedanken, er könnte mich durchschauen. Denn nach außen kehre ich meine starke Seite. Stark, so möchte ich auch wahrgenommen werden. Niemand soll wissen, wie zerbrechlich ich in Wahrheit bin.

Als hätte er meine Ängste gespürt, lässt er sich mit der Antwort Zeit und beobachtet meine unsichere Mimik.

„Ich vermute, es ist Ihnen unangenehm, durchleuchtet zu werden", antwortet er an meiner Frage vorbei.

„Da liegen Sie richtig", bestätige ich seine Annahme. „Und *ich* vermute, das haben Sie auch aus meiner Aura herausgelesen."

„Nun ja, schon", gibt er zu. „Ich beschäftige mich viel mit Menschen, da fallen einem so manche Dinge ins Auge."

„Ach ja? Ich denke, ich möchte nicht erfahren, was Ihnen bei mir auffällt. Das geht Sie eigentlich auch nichts an", vergreife ich mich im Ton.

Zum Glück kommt Pia mit meiner Bestellung herangeeilt, was mir einen Augenblick Zeit zum Luftholen gibt. Schäme ich mich gerade dafür, dass ich meinen Gesprächspartner ruppig ange-

gangen bin? Seit wann empfinde ich Reue für ge-
fühlskaltes Benehmen? Das ist schon viele Jahre
nicht mehr vorgekommen. Seitdem mir klar geworden ist, dass andere meine Verletzlichkeit ausnutzen, wenn ich zu sanftmütig erscheine.

„So, ein Käsekuchen und eine heiße Schokolade", sagt Pia und drapiert alles akkurat vor meiner Nase.

„Danke", erwidere ich kurz und knapp.

„Und was kann ich Ihnen bringen?", fragt sie
meinen Auraleser.

„Einen schwarzen Kaffee bitte", gibt er seine
Bestellung lächelnd auf. Offenbar ist ihm das Lächeln trotz meiner stimmungskillenden Bemerkung nicht vergangen.

„Einen Kaffee", wiederholt Pia, entzückt von
seinem Charme, und schwebt davon.

Als wir wieder allein sind, lehnt er sich weiter
vor und starrt mich intensiv an. Oh Mann, muss
das sein?

„Ich bin Ihnen wohl zu nah gekommen", stellt
er richtig fest.

Ich greife mir den Löffel und rühre den Milch-
schaum unter die Schokolade.

„Bitte hören Sie auf, mich zu analysieren",
flehe ich ihn beinahe an. „Ich mag das nicht."

„Tue ich das denn? Das ist mir gar nicht aufgefallen." Er reibt sich das Kinn. „Das muss wohl
daran liegen, dass ich täglich von vielen Seelen
umgeben bin, die Hilfe benötigen. Ich erfahre eine

Menge über sie und bemühe mich, jeder einzelnen zu helfen."

„Sind Sie der liebe Gott? Mir braucht niemand zu helfen, ich komme sehr gut klar. Und falls ich göttlichen Beistand benötigen sollte, weiß ich ja jetzt, wo ich Sie finde", gebe ich spöttisch von mir. So habe ich mir das Date mit Gott nicht vorgestellt. Er soll mich nicht therapieren, sondern heiraten und zu einer mächtigen Frau machen.

Mein Gegenüber beginnt, amüsiert zu lachen, sodass sich diese sympathischen Fältchen um seine Augen formen.

„Sie sind in der Tat eine humorvolle Frau. Und streiten Sie es nicht wieder ab! Ich habe lange nicht mehr so herzhaft gelacht. In meinem Beruf habe ich täglich mit Elend und Leid zu tun. Glauben Sie mir, da tut einem eine kleine Ablenkung wirklich gut."

Aha, habe ich also Recht! Er ist der liebe Gott! Sein *Beruf*, ha, ich lach mich schlapp!

„Sie streiten es also nicht ab?", frage ich vorsichtshalber noch mal nach.

„Was meinen Sie?", stellt er sich dumm.

„Na, dass Sie Gott leibhaftig sind", helfe ich ihm auf die Sprünge.

Erneut kann er sich kaum halten vor Lachen.

„Sie sind lustig. Ich habe ja bereits einiges gehört: dass ich ein Samariter bin oder ein Engel auf Erden, aber das sagt man mir zum ersten Mal."

Na glaubt er denn, nur weil er sich in menschlicher Gestalt zeigt, unerkannt zu bleiben?

Pia kommt mit dem Kaffee vorbei und stellt ihn Gott direkt vors Gesicht, dabei strahlt sie ihn aus allen Öffnungen an und kann sich seiner Attraktivität kaum erwehren.

„Danke, Pia", weiß er ihren Namen. Woher? Schließlich sehe ich ihn heute hier das erste Mal. Ach so, er kennt bestimmt alle Namen, einschließlich meinen.

„Gerne", singt Pia zurück und tänzelt von dannen.

„Ich heiße übrigens Tom", gibt er freimütig seinen Namen preis. Dabei ist mir längst klar, wer er wirklich ist.

„Soll ich Sie nicht besser ‚Gott' nennen?", lasse ich nicht locker.

„Tommy wäre mir lieber", sagt er amüsiert. „So nennen mich meine Freunde."

Also schön, wenn er dieses Versteckspiel unbedingt weiterspielen möchte, bitte. An mir soll's nicht liegen.

Ich nicke nur und erwidere nichts.

„Und wie soll ich Sie nennen?", fragt er zu meinem Erstaunen.

„Das müssten Sie doch wissen, wenn Sie meine Aura lesen können."

„Ja, ich muss gestehen, solche Informationen finden sich darin nicht. Obwohl ich mich darüber sehr freuen würde, denn dann ließe sich Ihre Telefonnummer in ihr sicher auch erkennen", gibt er feixend von sich.

Mir bleibt die Luft weg, mit welcher Penetranz er vorgeht. Selbst dem Allerheiligsten sollte klar sein, dass man ein Kennenlernen sachte beginnt und nicht sofort mit der Tür ins Haus fällt. Gut, er mag mich lange kennen, immerhin ist davon auszugehen, dass er all seine Schäfchen kennt. Aber ich habe heute das erste Mal das Vergnügen, seine Bekanntschaft zu machen.

„Hören Sie, Tom ..."

„Tommy", korrigiert er mich.

„Also schön, Tommy ... wir können gerne eine ungezwungene Unterhaltung führen und vielleicht wäre ich sogar bereit, meine morgige Mittagspause erneut mit Ihnen zu verbringen – immerhin erspare ich mir so den Gang in die Kirche –, aber das war's dann erst mal. Schließlich bin ich eine Frau mit Prinzipien."

Toms Lächeln wird immer breiter. Offenbar kann ich ihn mit meiner pampigen Art nicht schocken. Das ist gut, denn wer mit mir zusammenleben will, muss eine Menge aushalten. Ich bin intolerant, selbstsüchtig und alles andere als kompromissbereit. Vor allem aber bin ich wenig verständnisvoll und nie gut gelaunt. Morgens bin ich eine Kröte und zum Nachmittag hin mutiere ich zu einer spaßbefreiten Zicke. Aber Gott wird schon klar sein, worauf er sich einlässt. Immerhin ist er allwissend. Außerdem bekommt er als Entschädigung eine überaus intelligente, blond gelockte Schönheit fürs Leben. Wenn das kein Bonus ist!

„Frau Kramer", haut Tom plötzlich meinen Nachnamen raus, „verraten Sie mir dann wenigstens Ihren Vornamen?"

Grinsend führt er sich die Tasse zum Mund, während ich bis jetzt weder meinen Kuchen noch die Schokolade angerührt habe.

„Woher kennen Sie meinen Familiennamen?", lasse ich meine Verblüffung zu. „Ach nein, warten Sie", kommt mir ein Geistesblitz, „Sie sind ja ein allwissendes Wesen. Also sollte meine Frage eher lauten: Warum ist Ihnen mein Vorname unbekannt?"

Toms Lachen schallt durch den gesamten Laden. Er kann gerade noch seinen Kaffee zurück auf den Tisch stellen, bevor er sich die schwarze Brühe über die Hose schüttet.

Ich nutze seinen Lachanfall, um ein paar Happen von meinem Käsekuchen zu verschlingen und einen kräftigen Schluck meines inzwischen lauwarmen Getränks aus der abgekühlten Porzellantasse zu nehmen.

„Sie sind ja eine richtige Ulknudel! Seit dem Tod meiner Familie habe ich nicht mehr so viel Spaß gehabt. Bitte mehr davon, Frau Kramer! Ich könnte hier ewig mit Ihnen sitzen und mir Ihre Gags anhören."

Seine Familie? Wie meint er das denn jetzt? Oder ist sein am Kreuz verstorbener Sohn damit gemeint? Aber natürlich! Wer denn sonst?

„Das tut mir leid zu hören", versuche ich, etwas Mitgefühl zu zeigen, was mir normalerweise nie gelingt. Schließlich bin ich so spröde wie verfilztes Haar. „Aber ist das nicht Jahrtausende her? Irgendwann muss man doch mal abschließen können mit einem Verlust."

Hoffentlich war ich jetzt in meiner Wortwahl nicht zu unsensibel. Im Trösten bin ich nicht so gut. Eigentlich bin ich in jeglichen zwischenmenschlichen Bereichen absolut inkompetent.

„Sie haben Recht", bestätigt er meine Aussage. „Es ist in der Tat Jahrtausende her. Darum wird es Zeit, den Mantel der Trauer abzulegen. Sie könnten Therapeutin sein, Sie finden immer die richtigen Worte. Wie machen Sie das nur?"

Ich schlürfe meinen Kakao und überlege, wie es sein kann, dass er mich so fehleinschätzt. Wurde ich womöglich nach meiner Geburt von ihm übersehen? Es wäre nicht das erste Mal, dass mir so etwas passiert. Alle Menschen in meinem Umfeld haben mich mit voller Absicht übersehen, weil ich ihnen unangenehm war. Lieber haben sie gar nicht mit mir geredet, als stundenlange Diskussionen mit mir führen zu müssen. Sobald ich mich an einem Thema festbeiße, höre ich nicht mehr auf. Das ging allen auf die Nerven. Ehrlich gesagt, gehe ich mir manchmal selbst auf den Keks. Aber was soll ich machen? Ich kann mich schlecht von mir trennen.

„Wie mache ich was?", bin ich verwirrt. „Die richtigen Worte finden, die ich tatsächlich nie finde, weil ich eine verbohrte, kaltherzige Eiskönigin bin? Hören Sie, Gott, ich meine Tom …"

„Tommy", verbessert er mich abermals.

„Natürlich, Tommy … Sie verkennen mich – was mich in der Tat sehr überrascht –, denn Sie sollten es wirklich besser wissen. Ich bin weder nett noch charmant und meine Worte verletzen jeden. Und bitte denken Sie nicht, ich wäre witzig. Ich kann ja nicht mal Freude empfinden. Vielleicht lachen Menschen hinter meinem Rücken über mich, aber bestimmt nicht mit mir gemeinsam."

Toms Lächeln verschwindet und er sieht mich mitleidig an. Dabei hatte ich nicht vor, Mitleid bei ihm zu erregen. Ich wollte nur etwas klarstellen und sein fehlerhaftes Meinungsbild über mich zurechtrücken.

„Sie müssen sich irren, Frau Kramer", hat er den Ernst der Lage immer noch nicht erkannt. Also gut, dann halt nicht. Ich habe alles versucht, um ihn zu warnen, ihm deutlich zu machen, dass ich ihn niemals glücklich machen könnte und er sich mit meiner schönen Erscheinung zufrieden geben müsste. Liebe oder gar Warmherzigkeit wäre ich nicht in der Lage zu geben. Damit habe ich keine Erfahrung. „Ich finde schlichtweg alles an Ihnen charmant", fährt er unüberlegt fort. „Sie sollten nicht so streng mit sich sein. Wie kommen Sie bloß auf diesen ganzen Unsinn? Niemand ist so, wie Sie sich selbst beschreiben, und Sie auch nicht!"

„Sie kennen mich eben nicht", erinnere ich ihn daran, mir heute zum ersten Mal begegnet zu sein. Schließlich scheine ich nicht nur das schwarze Schaf der Familie zu sein, sondern nun auch noch das verlorene Schaf des Himmels.

„Ich lerne Sie aber gerade kennen", behauptet er, als würde er bereits Entscheidendes über mich erfahren haben. „Und so, wie ich Sie bisher erlebt habe, finde ich Sie ausgesprochen reizend."

Ich zeige mit dem Finger auf mich und mache ein verblüfftes Gesicht.

„Iiiich!", quietsche ich wie eine ungeölte Tür.

„Lieber Tom ... ich meine Tommy, bitte hören Sie auf, solche Unwahrheiten von sich zu geben. Das bringt mich ganz aus dem Gleichgewicht. Hassen Sie mich oder ärgern Sie sich über mich. So wäre es mir lieber. Doch Nettigkeiten machen mir Angst, die bin ich nicht gewohnt und kennt auch niemand von mir. Sie sind wahrhaftig auf dem Holzweg."

„Sind Sie wunschlos glücklich, Frau Kramer?", unterbricht uns Pia mit ihrer liebevoll klingenden Stimme. „Oder darf ich Ihnen noch etwas bringen?"

„Oh, ich brauche nichts mehr, danke", trillere ich zurück. „Aber der Kuchen war wieder vorzüglich."

Ich grinse sie an wie ein Honigkuchenpferd. Hilfe, in welchen Nektartopf bin ich denn gefallen? Seit wann bin ich derart übertrieben freundlich? Dieser Tom verwirrt mich so sehr, dass ich bald selbst glaube, unwiderstehlich beliebt zu sein.

„Das freut mich", gibt Pia überglücklich zurück. „Ich habe ihn nämlich selbst gebacken."

„Das können Sie?", bin ich ehrlich beeindruckt. Immerhin kann ich nicht mal ein Ei aufschlagen, somit bleibt mir die Kunst des Kuchenbackens wohl lebenslang unerschlossen. „Mein Kompliment", lobe ich sie.

Pia errötet und räumt meinen Teller ab.

„Danke", sagt sie fast beschämt. Kein Wunder, übertriebene Anerkennung aus meinem Mund ist etwas völlig Neues für sie. Für mich auch! Beschwingt gleitet sie mit dem Geschirr in die Küche und ich habe soeben einen Menschen glücklich gemacht. Damit muss ich erst mal klarkommen. Das ist noch nie passiert! Bin ich etwa neuerdings bei den Pfadfindern? Welche Pille hab ich denn verschluckt?

Tom grinst bis zu den Ohrläppchen und verschränkt seine Arme.

„Ich dachte, Nettigkeiten sind Sie nicht gewohnt", wiederholt er meine Aussage von eben. „Und trotzdem ist Ihnen gerade ein Kompliment herausgerutscht. Mir scheint, nicht meine Wahrnehmung über Sie ist fehlerhaft, sondern Ihre eigene."

„Also bitte", beginne ich einen Erklärungsversuch, „Sie haben doch selbst gesehen, wie irritiert Pia von meinen Worten war. So überzogen nett hat sie mich bisher nicht erlebt. Ich weiß ja selbst nicht, auf welchem Trip ich derzeit bin. Das ist unheimlich!"

Tom wirkt anhaltend amüsiert, verkneift sich aber diesmal den bevorstehenden Lachanfall.

„Gestehen Sie sich einfach ein, dass Sie ein liebenswerter Mensch sind und schon klappt es mit den Mitmenschen viel besser. Glauben Sie mir, ich bin da ein Experte."

„Na klar, Sie sind ja der Allmächtige und in allem ein Experte", erinnere ich ihn an seine Stellung im Universum.

Wieder kichert er drauflos, doch diesmal schüttelt er dabei den Kopf.

„An Ihren Humor könnte ich mich gewöhnen, er ist so erfrischend. Leider muss ich mich jetzt verabschieden, meine Schicht beginnt gleich", sagt er und trinkt den letzten Schluck Kaffee aus seiner Tasse.

„Ihre Schicht?", frage ich entgeistert. „Sie teilen sich die Arbeit?"

„Ja, so ist das üblich in meiner Branche", antwortet er lachend und zieht eine Geldbörse aus der Innentasche seiner Jacke hervor. Er klemmt einen Zehn-Euro-Schein unter die Tasse und erhebt sich. „Vielleicht verraten Sie mir bei unserer nächsten Begegnung ja Ihren Vornamen."

„Wird es denn eine weitere Begegnung geben?", frage ich beinahe ängstlich, ihn nie wiederzusehen.

„Wenn Sie wollen, in drei Tagen", schlägt er ungehemmt vor."

„Äh …", bringe ich lediglich heraus, denn plötzlich ist mein Gehirn verschwunden und durch Vakuum ersetzt worden. Ich sehe in sein wunderschönes Gesicht, das auf mich herabsieht. Strahlend blaue Augen mustern mich und warten auf meine Antwort. Mir ist nicht klar, warum ich verstummt bin. Eigentlich passiert mir so etwas nie. Ich möchte ihn ja wiedersehen, aber ich habe Muffensausen. Was, wenn ich seinen Erwartungen nicht gerecht werde, er in mir etwas sieht, was ich nicht bin? Mein Leben lang laufe ich mit einem Schutzschild herum und lasse keinen an mich heran. Ich bin eine unausstehliche Kratzbürste und wäre als Gefährtin eines gutherzigen, sanften Wesens nicht geeignet. Das muss ich ihm sofort erklären, sonst liefe er in sein Verderben.

„Tom, ich wäre nicht gut für Sie, das bin ich für niemanden. Ich enttäusche die Menschen regelmäßig, so bin ich programmiert."

„Ich glaube eher, Sie enttäuschen sich immerzu selbst", trifft er den Nagel auf den Kopf. Er durchleuchtet mich wie ein Röntgengerät. Seinen Job macht er wirklich gut. „Also", schließt er unser Gespräch ab, „wir sehen uns in drei Tagen um dieselbe Uhrzeit. Ich freue mich auf Sie."

Er zwinkert mir zu und verlässt das Lokal, ohne sich noch einmal umzudrehen. Mit offenem Mund starre ich zur Tür, die er soeben durchschritten hat. Ein Nein scheint kein Hindernis für ihn zu sein. Natürlich nicht – nicht für ihn. Er zaubert aus einem Nein ein Ja und aus einer hassenswerten, unhöflichen Diva eine verletzliche Frau, die heute ihre sanfte Seite entdeckt hat.

Ich beginne zu zittern. Er hat meinen Panzer durchbrochen als wäre er aus Butter. Dabei war er all die Jahre hart wie Stahl. Ich fühle mich schutzlos ausgeliefert – dieser grausamen Welt da draußen. Kann ich mich jetzt noch wehren – gegen die vielen Angriffe? Ich habe Angst!

2

Nur mühsam werde ich wach. Ausgerechnet heute, wo ich Tom endlich wiedersehen werde, scheint mir mein Körper den Dienst zu versagen. Weshalb bin ich bloß so schwach?

Ich öffne die Augen, doch ich sehe alles verschwommen. Von weit her vernehme ich Stimmen. Bin ich etwa nicht alleine in meiner Wohnung? Ich erkenne die Umrisse einer Person neben meinem Bett. Was geht hier vor? Langsam wird das Bild klarer und nun sehe ich einen Mann, der an irgendwelchen Gerätschaften über mir herumfummelt. Ich träume wohl – es ist Tom! Ich schließe die Augen, um sie gleich darauf wieder zu öffnen.

„Tom!", sage ich geschwächt, dabei hatte ich eigentlich vor, meine Verblüffung herauszurufen. Aber aus irgendeinem Grund funktioniere ich nicht richtig, sind meine Körperfunktionen eingeschränkt.

„Sie ist aufgewacht!", höre ich die Stimme meiner Mutter im Hintergrund. Ich will meinen Kopf anheben, um nachzusehen, aber ich bin zu geschwächt.

Tom misst meinen Puls und leuchtet mir danach mit einer Taschenlampe in die Augen.

„Was tun Sie hier, Tom?", frage ich im Mäuschenton.

„Kennen wir uns?", stellt er eine Gegenfrage.

Ist das jetzt sein Ernst?

Das Gesicht meiner Mutter drängt sich in mein Blickfeld.

„Gott sei Dank, Kind, wir haben uns solche Sorgen um dich gemacht!"

Okay, jetzt weiß ich, dass ich träume. Meine Eltern würden sich niemals um mich sorgen. Außerdem habe ich seit Jahren keinen Kontakt mehr zu ihnen.

„Wann wache ich endlich auf?", murmle ich und beobachte, wie Tom zu lächeln beginnt.

„Aber Sie sind wach, Frau Kramer. Darauf haben wir eine Woche lang gewartet."

„Was reden Sie da, Tom?", begreife ich nicht. „Wir haben doch erst vor drei Tagen zusammen im Café Wolke gesessen und uns unterhalten." …

„Kein Sex mit einem Casanova"

von
Sabine Richling
Erschienen bei BoD als Taschenbuch und
E-Book

Ich bin eine blond gelockte, unsympathische Schönheit. Nichtsahnend sitze ich in meinem Stammcafé, als
mich dieser smarte Tom anflirtet. Mir fällt die Kinn-
lade runter, weil er so ein Leckerbissen ist, trotzdem
gebe ich mir alle Mühe, ihn zu vergraulen.
Als wir uns zufällig wiederbegegnen, stelle ich fest,
dass mein Leben ein Irrtum ist und ich eine völlig andere Person bin.
Auch Tom ist wie verwandelt und scheint ein rück-
sichtsloser Frauenheld zu sein.
Und tatsächlich versteht er sein Handwerk und
beherrscht die Kunst des Verführens nur zu gut …

„Kein Sex mit einem Millionär"
von
Sabine Richling
Erschienen bei BoD als Taschenbuch und
E-Book

Das Leben könnte so schön sein. Wäre Leonie
nur nicht mit dem falschen Mann verheiratet.
Seit zwanzig Jahren klebt sie an ihrem Angetrau-
ten, der sich zu einem Millionär und überhebli-
chen Patriarchen gemausert hat. Leonie ist Geld
nicht wichtig, darum will sie ihr Luxusdasein an
den Nagel hängen und endlich wieder „normal"
leben – ohne Mann. Doch dann lernt sie Leon,
den vermögenden Immobilienhändler, kennen
und es knistert gewaltig. Sie wehrt sich gegen
ihre Gefühle, doch Leon ist ein exzellenter Ver-
führer …

„Im Jenseits schmeckt die Liebe süßer"

von
Sabine Richling
Erschienen bei BoD als Taschenbuch und
E-Book

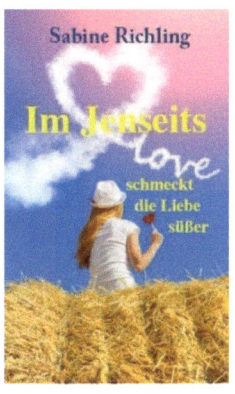

Die siebzehnjährige Lina ist in der Lage, mit Verstorbenen zu reden. Welch verrückte Gabe, die Segen und Fluch zugleich ist!
Dabei will sie nur eines: ein normales Leben führen und den attraktiven Florian näher kennenlernen. Und tatsächlich spricht er sie eines Tages in der Schule an. Er weiß von ihrem Talent und bittet sie um Hilfe. Lina möchte ablehnen, denn so hat sie sich die erste Verabredung mit ihrem Schwarm nicht vorgestellt. Aber sein Charme ist verboten sexy und auch er besitzt eine geheime Begabung.

Als Lina ein rätselhaftes Zeichen aus dem Jenseits erhält, ist sie zutiefst verunsichert. Sie befürchtet, sterben zu müssen. Oder versteht sie alles ganz falsch?

Eine spannende Liebesgeschichte voller emotionaler Momente. Eine Erzählung mit Herz und Humor, die sich der Frage widmet:
Gibt es ein Leben nach dem Tod?

Witzig, romantisch und übersinnlich.

Sabine Richling ist 1968 in Berlin geboren und aufgewachsen. Nach Abschluss einer kaufmännischen Ausbildung arbeitete sie viele Jahre in einem Handelsunternehmen. Später wechselte sie zu einem Hamburger Verlag. Inspiriert durch die Verlagsluft schrieb sie die ersten Entwürfe einiger Kurzgeschichten. Eine Erkrankung riss sie aus dem Berufsleben, daher widmete sie sich verstärkt dem Schreiben.

Heute schreibt sie am liebsten Beziehungskomödien und unterhaltsame Kurzgeschichten. Im Dezember 2012 veröffentlichte sie den romantischen und humorvollen Roman „Ein Iglu für zwei", der aufgrund seines Erfolges anschließend als Hörbuch und in englischer Sprache erschien. 2019 wurde diese bezaubernde Lovestory unter dem Titel „Das Mädchen und der Star" neu aufgelegt.

Es folgten die amüsanten Liebeskomödien „Gefühlschaos inklusive", (heute unter dem Titel „Verlieben ist Chefsache") und „Liebe braucht keine Hexerei".

Bald entdeckte sie ihre Leidenschaft für Fantasy und Mystik. Es blieb unausweichlich, einen Roman zu schreiben, der alles vereint: Liebe, Romantik, Fantasy und Science-Fiction. Also holte sie sich Schützenhilfe und kreierte mit ihrer Freundin Christina Lelewell den Fantasy-Romantik-Roman „Die Macht der schwarzen Perlen" (inzwischen unter dem Titel „Sternenmann sucht Erdenfrau"), der im Dezember 2015 in zweiter Auflage erschien und ein Genre bedient, das in seiner Form neu interpretiert wurde.

Zur gleichen Zeit arbeitete sie an dem Fantasy-Romantik-Thriller „Dach der Hölle", der mittlerweile ebenfalls in zweiter Auflage erschienen ist.

Im Oktober 2016 ging ihr neuer humorvoller Liebesroman „Kein Sex mit einem Millionär" an den Start für Fans der knisternden Romantik.

Gerade erst – im Januar 2020 – ist der Erotik-Liebesroman „Kein Sex mit einem Casanova" auf den Markt gekommen – eine heitere, spannende Lovestory mit einer Prise Fantasy.

Und für Liebhaber des Übersinnlichen schrieb sie den Liebesroman „Im Jenseits schmeckt die Liebe süßer", den es seit September 2017 zu kaufen gibt.

Demnächst im Handel: „Dick war gestern" als Taschenbuch und E-Book. Eine spannende und lustige biografische Erzählung in der Claudia Mey erzählt, wie sie ihr ganzes Leben als schwer übergewichtige Person zu kämpfen hatte und es in der Mitte ihres Lebens schaffte, ihr Körpergewicht zu halbieren. Sabine Richling schreibt für Claudia Mey in der Ich-Form mit viel Witz und Einfühlungsvermögen.